Les aventures d'Odilon

Sophie RICHARD-LANNEYRIE

Les aventures d'Odilon

Tome 1

Le complot

Roman

Édition : BoD · Books on Demand GmbH, In de Tarpen 42, 22848 Norderstedt (Allemagne)
Impression : Libri Plureos GmbH, Friedensallee 273, 22763 Hamburg (Allemagne)

ISBN : 978-2-3224-7921-4
Dépôt légal : Novembre 2024

Ouvrages de Sophie Richard-Lanneyrie

Aux Éditions BOD :
Romans et Nouvelles
Les Contes de Sophie
Un Monde de Femme
Les aventures d'Odilon
Les aventure d'Odilon Tome 1, Tome 2 et Tome 3 (Versions illustrées)
Le trésor du Pirate
La fille du Vent
Les apprentis anges gardiens
Essais
Les grandes histoires de la mythologie.
Une histoire de la communication au travers de la création et de la transformation de l'espace public.
La vie et l'histoire des Salons des XVIIème et XVIIIème siècles.

Aux éditions Le Génie :
Livres de cours et exercices
Histoire et Théorie de la communication : bagage culturel et pratique pour l'analyse critique
Les Clés du Marketing
Exercices de Marketing
Dictionnaire du Marketing
Les Clés du marketing International
Exercices de marketing international
Annales d'Étude de Cas BTS Communication Pochette F1, F2 et Étude de cas BTS Communication (Directrice de Collection)
12 cas de communication d'entreprise (théorie, méthodologie et pratique)
Essai (Collection Les mini-génies)
L'E-marketing
Le mobile-marketing
La délocalisation
La PNL
Le Coaching

Sous le pseudonyme de Sophie Chalandry
Contes féériques et extraordinaires.
Nouvelles policières et mystérieuses.
Contes maritimes et bucoliques (Edités aussi en Livre Audio)

Contact auteur : sophie.richardlanneyrie@yahoo.fr
Site Internet : http://sophie-richardlanneyrie.fr
Blog : http://sophierichardlanneyrie.overblog.com/
Chaine YouTube : http://@SophieRichardLanneyrie

TOME 1

LE COMPLOT

CHAPITRE I

Un livre magique

Comme chaque matin, un peu après matines, à l'heure où la ville sommeille encore, Odilon se dirige vers la grande bibliothèque de l'abbaye. Pour cela, après être sorti de l'église, il pénètre dans le cloître, contourne le logis de l'Abbé et traverse la longue cour qui le mène à l'école au-dessus de laquelle se trouve le scriptorium.

Il avance d'un pas précipité, trottine presque, gravit deux à deux les hautes marches en pierre de l'escalier et se retrouve à l'entrée de la grande salle de la bibliothèque. Dans l'encadrement de la porte, un souffle de vent glacial provenant des ouvertures de la salle le fait sursauter en lui cinglant le visage, l'obligeant à marquer un temps d'arrêt forcé. Nous sommes pourtant à la fin de l'hiver, mais si l'on se fie au froid glacial qui règne encore dans la région, on constate que le printemps est loin d'être arrivé et que les matinées sont encore fraîches.

Après s'être ressaisi quelques minutes, Odilon se dirige, vers l'extrémité gauche de la grande salle où l'on peut déjà apercevoir une échelle en bois posée contre un des rayonnages de la bibliothèque. Une bonne odeur de parchemin flotte dans l'air. Les livres de cette partie Nord de la bibliothèque ne sont pas encore classifiés et l'on y entasse là, les ouvrages donnés ou prêtés à l'abbaye par de riches seigneurs dans le but d'être restaurés ou traduits. Le travail d'Odilon consiste à répertorier ces livres et à les regrouper par thème et langue en fonction de leur origine. Une sorte de respect l'étreignait toutes les fois qu'il compulsait ces ouvrages, conscient qu'il était que la culture de plusieurs peuples s'étalait, là, devant ses yeux.

Odilon aime ce travail de fourmi qui lui permet, tout à loisir, de fouiner dans une multitude d'ouvrages inconnus, à la recherche d'une histoire merveilleuse qui le ferait rêver. C'est ainsi que, dans l'après-midi de la veille, il avait découvert un livre dont la taille, bien supérieure à celle d'un livre normal, l'avait intrigué. Ce livre, différent des autres par sa couverture magnifique, presque magique, avait attisé sa curiosité et lui avait donné l'envie d'en connaître le contenu.

Arrivé devant l'échelle, il la déplace juste à l'endroit voulu, gravit rapidement les échelons, attrape le livre, redescend, et vient s'installer sur le pupitre le plus proche qui lui était d'ailleurs dévolu. Il y pose le livre, le dépoussière précautionneusement avec la paume de la main et l'ouvre. Il est tout d'abord saisi par la beauté des enluminures aux fraîches couleurs, aux majuscules enjolivées et à la finesse de la calligraphie. Ce livre avait donc bien quelque chose de merveilleux, de mystérieux même. Entraîné par sa curiosité, il allait commencer à lire lorsqu'il entendit une voix le héler :

-      Odilon ?

S'était-il endormi ? Ou bien rêvait-il, éveillé ? Il ne savait plus, absorbé qu'il était dans la contemplation du livre magique, l'imaginaire s'étant, peu à peu, confondu avec la réalité.

-      Hein !...Répondit-il d'une voix, embrumée, mal assurée.

La voix semblait venir d'un autre monde et le fit sursauter.

- Je vous ai cherché dans toute l'abbaye. Le Père Abbé veut vous voir tout de suite, lui lança Frère Pinabel depuis la porte de la bibliothèque tout en se dirigeant vers Odilon.

C'était un gentil moine, un peu timide qui se cachait sous son habit comme pour se protéger.

- Bien, bien, je viens, répondit Odilon un peu agacé de devoir s'arracher aussi brusquement à ce livre merveilleux qui l'intriguait tant, mais il ne voulait pas faire attendre l'Abbé.
- Que faites-vous ici de si bonne heure ? interrogea Frère Pinabel
- Je suis venu feuilleter ce livre que j'ai découvert hier en rangeant cette colonne de la bibliothèque. J'étais impatient et curieux de connaître son contenu, répondit Odilon en refermant le livre avec regret.
- Vous en avez de la chance, de pouvoir consulter tous ces livres ! poursuivit Frère Pinabel avec un regard d'envie mêlé d'admiration. Comme j'aimerais être à votre place et qu'on me le permette à moi aussi. De si beaux livres !
- Pourquoi n'en parlez-vous pas au Père Abbé ? fit remarquer Odilon. Je suis sûr qu'il vous laisserait faire si vous lui faisiez part de votre désir.

Frère Pinabel hésita :

- Hum... peut-être en effet, peut-être bien, mais... je n'ose pas le lui demander. On me cantonne à m'occuper des poules, des cochons et autres bêtes. Mon royaume se trouve dans l'étable, les écuries, le poulailler et les soues pendant que le vôtre se trouve dans les étoiles. Oh... mais ne croyez pas que cela m'ennuie bien au contraire ajouta-t-il comme pour s'excuser d'avoir eu cette pensée. J'aime la compagnie des animaux et ils me le rendent bien, mais parfois, juste de temps en temps, j'aimerais pouvoir faire autre chose, vous comprenez ? Je me demande ce qu'il peut bien y avoir dans tous ces livres !

-       Je parlerai à l'Abbé, dit doucement Odilon d'un air complice.

Il prit l'escalier, Frère Pinabel lui emboita le pas.

-       Oh c'est vrai !, s'exclama celui-ci avec emphase, vous feriez cela pour moi ? Oh... merci, merci du fond du cœur Odilon, vous êtes bon.

Odilon sourit. Ils arrivèrent au bas de l'escalier, quittèrent le bâtiment et entrèrent dans le logis de l'Abbé.

-       Je dois vous quitter là Odilon, dit Frère Pinabel. Les bêtes m'attendent, il faut que j'aille m'en occuper. Nous en avons une qui s'apprête à mettre bas. Elle a besoin de moi.

-       Oh ! s'exclama Odilon. À mon tour de vous envier Frère Pinabel j'aimerais bien assister à cela !

-       Vraiment... ? Et bien... euh... quand cela se passera, je viendrai vous chercher... Si vous voulez ?

-       Bien volontiers, au revoir, lança Odilon en disparaissant dans l'obscurité de l'escalier.

CHAPITRE II

Le Père Abbé

Odilon gravit une à une les hautes marches de l'escalier en colimaçon et se trouva ainsi juste devant une porte. Il frappa.

- Entrez, dit une petite voix enrouée et fatiguée, presque étouffée, provenant de l'intérieur de la pièce.

Odilon ouvrit la porte, maladroitement, et fit une pause en restant quelques instants dans l'encadrement de la porte.

- Entre mon petit, entre et ferme la porte derrière toi s'il te plait.

Le Père Abbé était un homme de taille moyenne, bien bâti, au regard bienveillant. De sa personne émanait un magnétisme naturel, un air de bonté qui inspirait confiance. Une calvitie naissante dégarnissait son front haut et large, signe d'une activité intellectuelle intense.

Allongé sur sa paillasse, l'Abbé tremblait de tous ses membres et des gouttelettes de sueur coulaient le long de ses tempes. Pourtant sa cellule était plutôt fraîche.

- Mon Père, que vous arrive-t-il ? demanda Odilon inquiet, vous ne semblez pas aller bien du tout.

-        Non, mon fils, j'ai une forte fièvre qui me cloue au lit. J'ai dû prendre froid avec tous ces courants d'air. Le Frère Thibaud, notre herboriste m'a conseillé de garder la chambre quelques jours et m'a assuré que cela ne serait rien si je suivais scrupuleusement sa médication.

Il se redressa en s'appuyant sur ses avant-bras et s'adossa au mur.

-        Mais laissons cela, je t'ai fait venir parce qu'il se passe de drôles de choses au château... des choses graves.
-        Au château ? s'exclama Odilon intrigué et inquiet à la fois.
-        Oui, reprit l'Abbé haletant. Il y a longtemps que tu n'as pas rendu visite à ta famille au château ?

Odilon fit un signe de tête affirmatif.

-        J'ai à t'apprendre une nouvelle, bien triste : Garin, que vous avez pris sous votre protection et qui loge au château en l'absence de ton père, Garin a beaucoup changé ces derniers temps.
-        Ah bon ? dit Odilon perplexe. Que lui arrive-t-il ?
-        Ta mère sent une menace planer sur la tête de toute ta famille. Garin aurait regroupé autour de lui une bande de soldats sans cause, véritables guerriers mercenaires, qui, en l'absence de chef, se sont ralliés à Garin qu'ils ont eux-mêmes choisi pour sa prestance et ce qu'ils ont cru être du courage. Il leur fallait une cause pour laquelle se battre : celle de Garin leur convint. Un certain Raoul est à leur tête, il serait en quelque sorte l'homme de main de Garin.

Odilon fut pris d'un fou rire.

- Ce n'est pas sérieux...! Vous devez faire erreur, mon Père. Je connais très bien Garin, je le considère d'ailleurs comme mon frère, vous le savez bien, et je suis sûr que jamais il n'agirait comme cela avec nous ! Tout cela n'est que conjecture !
- Mon petit, je ne voulais pas t'inquiéter. Tu es encore bien jeune...
- Qu'en pense ma mère ? demanda Odilon. Elle n'a qu'à parler à Garin et tout s'arrangera.
- Elle ne peut pas le faire directement sans mettre sa vie en danger. Garin est violent et vindicatif.
- Je lui parlerai moi. Je sais qu'il m'écoutera et que je parviendrai à lui faire entendre raison.
- Tu ne feras rien du tout, trancha l'Abbé. Ta mère a réussi à me faire passer un message par l'intermédiaire de Frère Anselme alors qu'il était au château hier pour rapporter les objets offerts en charité. Elle m'a fait part de la situation. Elle dit qu'il se passe des choses très étranges au château et me demande de te cacher pendant quelque temps, car elle a un mauvais pressentiment te concernant. Elle pense que tu seras plus en sécurité ici...

Odilon l'interrompit.

- Comment « réussis à faire passer un message » ? Ma mère est-elle prisonnière dans son propre château ? Que se passe-t-il ?
- Je n'en sais rien, mon enfant.
- Je dois aller vérifier par moi-même ce qui se passe là-bas. Je ne peux pas laisser ma mère et ma sœur seules dans ces conditions. Je dois les protéger !
- Ta fougue est toute à ton honneur Odilon... Mais il faut parfois être plus circonspect.

- Je ne comprends rien du tout. Lorsque je suis parti, tout allait bien au château et les nouvelles que j'ai eues depuis que je suis ici ont toujours été bonnes. Je ne vois pas pourquoi les choses auraient soudainement changé. Quel est l'intérêt de Garin d'agir ainsi ?
- En s'appropriant votre domaine, il devient le nouveau seigneur du château en l'absence de ton père. Ces brigands ne craignent rien. Je sais de quoi ils sont capables.

Sans prêter attention à la dernière phrase du père Abbé, Odilon intervint.

- Ce n'est pas possible ! Et pourtant, en réfléchissant... De toute façon, ma mère n'a jamais vraiment aimé Garin. Elle nous disait toujours de nous méfier de lui, de faire attention...
- Il faut également que tu saches que, depuis quelque temps, rôde dans le comté un groupe de personnes que l'on soupçonne d'être à l'origine des saccages et des attaques qui sévissent dans la région actuellement. Les gens les appellent les Lupus, car ils se conduisent envers les autres hommes comme le feraient des loups. Ils pillent les villages et les maisons jusqu'aux contrées alentour. Ils imposent aux habitants une contribution qu'ils doivent payer sous peine d'être exécutés !

L'Abbé fit une pause, puis reprit.

- Déjà, plusieurs exécutions sommaires ont eu lieu sans autre forme de procès. Ces pauvres gens sont traînés sur la place publique et soumis à des tortures atroces pour le plus grand plaisir de ces vils manants qui n'agiraient même pas ainsi avec des bêtes ! La terreur s'est, peu à peu, emparée du Comté !

Odilon restait muet.

-      En outre, poursuivit l'Abbé, certains croient les avoir aperçus alors qu'ils sortaient du château, la nuit, avant de commettre leur forfait. Tu comprends maintenant pourquoi ta mère ne souhaite pas te voir revenir actuellement. Elle parle même de danger. Il est donc de mon devoir de te protéger.

-      C'est le monde à l'envers ! s'exclama Odilon (les gens du clergé régulier avaient, en effet, droit à la protection des chevaliers sans avoir à leur verser d'impôt). Que puis-je faire alors ? s'enquit-il. Je dois pourtant protéger ma famille en l'absence de mon père !

-      Je dois t'avouer que tout cela me fait faire beaucoup de souci. On m'a annoncé, dès demain, la venue d'un émissaire de Garin chargé de venir te chercher sous le fallacieux prétexte que ta mère te rappelle au château. Il faut être très prudent. Il est hors de question que tu repartes avec lui.

-      Que proposez-vous alors ? demanda Odilon songeur.

-      Pour ma part, je m'en tiendrai à ce que ta mère m'a dit. N'oublie pas que ton père t'a confié à moi pour que je te protège en son absence. Tu es le seul héritier mâle du Comté, ne l'oublies pas.

L'Abbé observa Odilon attentivement. Il avait beaucoup changé depuis qu'il l'avait connu alors qu'il était encore un tout jeune enfant aux jolies boucles blondes. Il avait devant lui maintenant un beau et fort jeune homme d'une taille légèrement au-dessus de la moyenne, aux traits fins, à l'allure noble et digne et au regard vif et franc. Tout son physique indiquait, au premier coup d'œil, un jeune homme de haute naissance et laissait augurer un chevalier courageux.

Le Père François repensa à son père, Sire Hugues, Comte de Beaufort, dont il tenait probablement la prestance. Souvent celui-ci s'était félicité d'avoir un fils comme Odilon, si doué en tout, si fort à la chasse malgré son jeune âge et si loyal. L'Abbé se rappela une histoire que lui avait contée Hugues : cela se passait lors de la première partie de chasse à laquelle Odilon avait participé malgré les récriminations de sa mère.

Il avait eu alors la plus belle peur de sa vie et avait été sauvé in extremis grâce à la bravoure de son oncle Olivier, le frère de Hugues, qui était intervenu à temps alors que la bête traquée qu'ils chassaient se ruait sur lui.
Son père, qui arriva sur les lieux peu de temps après, crut avoir devant les yeux la prouesse de son valeureux fils, et le jeune Olivier, qui aimait bien Odilon, n'osa pas l'en dissuader.

Cependant, Odilon était franc et sa loyauté le poussa à dire à son père ce qui s'était réellement passé.

Plutôt que d'être déçu, Hugues avait alors exprimé sa joie d'avoir un fils comme le sien dont les qualités, malgré son jeune âge, correspondaient à celles qu'il attendait d'un futur chevalier : à savoir prouesse et loyauté.
Il lui avait alors appris que les chevaliers formaient un groupe soudé où l'on ne se trahissait pas entre soi.

Pour Hugues, Odilon, en disant la vérité ce jour-là, avait fait preuve de la plus grande qualité qu'il pouvait avoir et il en était si fier qu'il avait raconté l'aventure au Père François.

Un chevalier, en effet, ne se contente pas, sous la dynastie des Adalbertiens, d'aller à la chasse ou de faire la guerre, de participer à des tournois ou encore de festoyer en son château, un chevalier doit également se soumettre à un ensemble de règles, de coutumes et de manières de vivre.

L'Abbé vouait à Sire Hugues, le père d'Odilon, une sincère amitié qui durait depuis des années. Ils avaient fait connaissance plusieurs années auparavant lors de son arrivée à l'abbaye. L'Abbé avait tout de suite sympathisé avec cet homme franc et loyal qu'il estimait et à qui il savait pouvoir se fier.

L'Abbé revit mentalement le visage de Hugues qui manquait tellement à Odilon, mais également à lui-même. Un véritable ami est une chose sacrée que l'Abbé savait apprécier à sa juste valeur. Le départ de Hugues à la guerre, voilà maintenant plusieurs longs mois lui semblaient déjà une éternité. Mais l'Abbé savait que les seigneurs doivent au Roi une fidélité sans faille ainsi qu'un service armé, le Roi d'Aulis, restant, sous le règne d'Adalbert III, le maître de la guerre et de la paix ; il est celui qui lève « l'ost » en cas de danger et peut user comme bon lui semble de l'armée et rassembler ses vassaux. Ainsi, lorsque Adalbert III décida de faire la guerre à Raynouart II, Roi de Galix, pays frontalier d'Aulis, pour défendre le royaume d'Aulis, ses vassaux, dont Hugues de Beaufort, accoururent.

Au fil des années, l'amitié qui liait Hugues à l'Abbé François s'était renforcée au point que l'Abbé considérait Odilon comme son propre fils.

Le père François est ainsi devenu un conseiller précieux du Comte Hugues de Beaufort pour lequel il remplit des missions de confiance. Ainsi, lorsque Hugues lui avait fait part de son intention de le nommer tuteur de ses enfants, le Père Abbé avait été très ému qu'il ait pensé à lui pour assumer une charge aussi importante et s'était empressé d'accepter, reconnaissant qu'il était de la confiance que lui portait Hugues. Il plaçait très haut cette confiance et n'aurait voulu décevoir pour rien au monde cette famille qu'il aimait tant.

Quittant ses pensées, l'Abbé reprit sa respiration et enchaîna.

- Il y a un endroit dans l'abbaye, que je suis seul à connaître, où l'on entrepose de vieux documents sur la vie des saints, des reliques ainsi que tous les livres anciens que l'on rangera ultérieurement. Tu vas t'y rendre dès que tu m'auras quitté pour n'en plus bouger avant que je vienne te chercher.
- Et si les autres Frères s'inquiètent de mon absence ? fit remarquer Odilon
- Ne te fais aucun souci. Je leur dirai que je t'ai confié une mission urgente. Pour le moment, il convient de se dépêcher.

Il fouilla dans la poche de son manteau et en sortit une grosse clé.

- Voilà la clef qui ouvre la porte de la pièce dont je te parle, tu la trouveras dans le cloître côté Ouest. Une fois ouverte, cette porte donne sur un petit escalier en colimaçon qui mène lui-même à une cave. Dans cette cave, tu trouveras une petite trappe sur le sol : celle-ci camoufle la pièce où tu devras te cacher. Tu allumeras la torche et tu resteras là, en prenant soin de bien refermer toutes les portes derrière toi, jusqu'à ce que je vienne, moi-même, te chercher.

Odilon ne savait plus quoi dire. Il était assommé. Tel un automate, il prit les clés des mains de l'Abbé.

- Il y va de ta vie, mon enfant poursuivit le Père Abbé en prenant dans ses mains tremblantes celles d'Odilon. Mais sois courageux, suis scrupuleusement mes consignes et tout se passera bien. Fais-moi confiance.
- Bien acquiesça Odilon après un long moment. Je ferai ce que vous me demandez mon Père. Mais je ne comprends rien.

Comment tout cela a-t-il pu arriver ? Qu'est-ce qui motive Garin ? Je le croyais un ami sincère. Je ne comprends pas pourquoi les gens veulent faire tant de mal alors que nous pourrions, tous, vivre en paix.

Le Père François regardait Odilon avec émotion.

- Tu as le cœur pur mon enfant

Cela dit, Odilon prit congé de l'Abbé et se dirigea vers le cloître.

Il était bien trop perturbé pour avoir remarqué une ombre qui avait épié, silencieusement, toute leur conversation. Quelqu'un, tapi dans le noir, qui avait profité de l'obscurité pour ne pas se laisser voir.

Un danger inconnu planait sur eux.

CHAPITRE III

Le château

Le Comté de Beaufort est situé dans le Nord du Comté d'Aulis, à quelques encablures de Briais, dans la verte vallée de Narmeras. Il se compose de quatre pôles : l'abbaye, la ville, le château et la forêt.

En avant se trouve l'abbaye occupée par des moines, plus en retrait, à droite, la ville entourée de fortifications, située à égale distance de l'abbaye et du château. Sur la gauche, la forêt est séparée du château par le fleuve le Lô. L'ensemble dépendant du domaine royal du Roi Aldalbert III.

Sous la dynastie des Adalbertiens, les châteaux qui se trouvent sur le Comté d'Aulis et les contrées environnantes sont construits surtout pour protéger le pays contre les invasions. Ils représentent la cellule de base autour de laquelle s'organise la vie politique, économique et sociale. Ils sont le symbole et le siège du pouvoir, ce qui n'exempte pas le seigneur Hugues de Beaufort qui occupe le sien avec sa famille, d'avoir des droits et des devoirs personnels.

Situé sur la plus haute colline du Comté de Beaufort, le château surplombe la ville et l'abbaye. C'est une magnifique forteresse érigée sur un éperon rocheux de plus de 400 mètres de long et dominant le Lô qui coule à proximité.

Cette position géographique en fait un lieu stratégique privilégié pour surveiller la contrée. Ainsi, depuis le donjon, le veilleur peut prévenir rapidement s'il survient un danger ou une invasion. Ce donjon fut bien utile à Hugues de Beaufort, le père d'Odilon, pour protéger le Comté et ses habitants lors de l'attaque des Jutlands ou des Bedes ou de l'invasion des Barberands, des Vargones ou des Wessex, les habitants des contrées voisines.

Le château du Comté de Beaufort est entouré de profondes douves — d'environ vingt pieds de profondeur — qui reçoivent les eaux du Lô. C'est dans ces douves qu'Odilon apprit, très jeune, à nager, un jour où, alors qu'il franchissait le pont-levis au retour d'une partie de chasse, il y fit un mémorable plongeon. Sa mère Hermeline lui dit alors que s'il continuait ainsi, il finirait bien par se rompre le cou !

Hugues avait hérité ce château de son père, Adémar de Beaufort, alors qu'il n'était qu'une modeste bâtisse seigneuriale. Devant l'insécurité endémique de l'époque d'Aldabert Ier — grand-père d'Adalbert III — le premier soin d'Adémar fut de construire une puissante tour, le donjon, afin qu'il domine le pays et qu'au sommet veille, jour et nuit, un guetteur. Peu à peu, Adémar agrandit sa forteresse en édifiant de hautes murailles flanquées de tours et en creusant des fossés.

Ainsi protégé, le seigneur Adémar peut se défendre et accueillir ses paysans dans les cours intérieures. Lorsqu'un danger menace, la population se regroupe autour de la seigneurie la plus proche capable, à elle seule, d'assurer la défense de tous. Les châtelains, se comportant en souverains sur leurs territoires, se doivent de défendre la population rurale en lui offrant refuge au château. En échange de quoi, les suzerains lèvent sur les paysans des droits féodaux et seigneuriaux.

Cette place dominante où est construit le château renforce le pouvoir que le seigneur Hugues de Beaufort a sur les hommes du bourg.

Odilon, comme sa sœur Bertille, est né au château. Alors qu'il était tout jeune, malgré les interdictions de son père, il allait se promener sur le chemin de ronde, jouant à cache-cache avec sa sœur et avec les soldats en faction qu'il détournait de leur surveillance.

Il avait été souvent sermonné pour agir ainsi, mais cela ne l'empêchait pas de continuer à désobéir à l'ordre paternel, en prenant cependant de grandes précautions pour ne pas être vu, ce qui donnait d'ailleurs beaucoup de piment au jeu !

L'un des jeux préférés d'Odilon dans lesquels il entraînait toujours sa sœur Bertille — qui le suivait partout et même le dépassait parfois par son intrépidité — était de gravir les hautes marches des tours rondes, hautes de 50 mètres environ, et de se glisser dans les charpentes des toits en poivrière qui les surmontaient. Là, ils refaisaient le monde, tandis que leur mère, Hermeline, les cherchait dans tous les recoins du château en proie à d'irrépressibles angoisses, se demandant où ils étaient encore partis se cacher et s'attendant à tout moment à les retrouver sans vie.

Pourtant, la vie au château était sereine et il y régnait une joie de vivre communicative, ponctuée par les mélodies d'Hermeline qui chantait souvent, lorsqu'ils étaient enfants, de douces romances en s'accompagnant de son luth pour aider Bertille et Odilon à s'endormir. Près de sa mère, Odilon se sentait en sécurité et la musique le berçait tant et si bien que, malgré tous ses efforts pour écouter la mélodie jusqu'au bout, il ne pouvait lutter contre le sommeil.

Sa mère, Hermeline, était une grande et belle femme, svelte, aux longs cheveux blonds et au teint clair. Ses yeux vifs, d'un joli vert, laissaient échapper une lueur malicieuse et un regard majestueux. Tout l'opposait à Hugues qui, lui, était un grand gaillard vigoureux et fort, aux yeux noisette et à la chevelure brune qui occupait ses loisirs à chasser ou à participer à des tournois desquels on ne savait jamais s'il reviendrait vivant tant il était intrépide et tant les tournois étaient dangereux.

Hugues de Beaufort, qui avait hérité de son père le titre de Comte de Beaufort, est un châtelain très aimé, cherchant toujours à faire le bien de ses sujets. Issu d'une noble famille qui s'était illustrée dans les précédentes dynasties, il est respecté par son peuple. Si l'on vient demander de l'aide à Hugues ou bien chercher un conseil, on sait que l'on trouvera toujours une écoute, une oreille attentive à ses problèmes et que l'on repartira avec une solution. Souvent, le jugement d'Hugues fut comparé à celui de Salomon, Hugues essayant d'être toujours le plus juste possible.

Ainsi s'était écoulée l'enfance heureuse d'Odilon : la brutalité de la vie était compensée par la tendresse maternelle et Odilon avait ainsi vécu ses premières années sans jamais vraiment savoir s'il tenait plus de son père ou de sa mère. Certains disaient qu'il avait pris le meilleur des deux, d'autres qu'il fallait attendre qu'il grandisse.

Mais maintenant, du haut de ses seize ans, il restait persuadé qu'il était à la fois les deux : sa sensibilité lui donnait un caractère doux et bienfaisant parfois même un peu trop humain aux dires de ses envieux copains de chevalerie. Ce qui n'empêchait pas Odilon de faire preuve de la plus grande bravoure quand il le fallait et son futur adoubement le prouvait bien.

Quelques années auparavant, Hugues de Beaufort avait, en effet, décidé qu'Odilon, qui venait d'avoir sept ans, suivrait une préparation pour être chevalier.

L'insouciance des jours heureux qu'ils coulaient alors au château céda alors la place à la raison et l'angoisse d'Hermeline se mua en une inquiétude sourde et complexe sur le devenir de son fils.

Pourtant, tous s'accordaient à dire qu'Odilon ferait un magnifique chevalier et Hugues voulait pour son fils ce qu'il y avait de mieux. Aussi s'était-il rapproché d'un de ses amis étrangers, Bertrand de Tür, qui habitait dans une contrée située encore plus au Nord du Comté d'Aulis afin qu'il parfasse l'éducation d'Odilon en le prenant comme page. Il en profita pour lui glisser que son fils serait un excellent compagnon de chasse lui relatant ses dons exceptionnels pour la chasse au faucon en particulier.

Le départ d'Odilon fut un véritable déchirement pour toute la famille. Bertille qui n'avait alors que huit ans et demi perdait son compagnon de jeu et son frère bien aimé, Hermeline était bouleversée de voir partir son fils chéri dans une contrée étrangère et peut-être inhospitalière. Seul Hugues se félicitait que son ami, Bertrand, ait accepté de recevoir son fils.

L'initiation du jeune noble, futur chevalier, commence, en effet, dès l'enfance. Pendant toute la période où Odilon fut confié à

Bertrand de Tür, il apprit tout ce qu'un apprenti chevalier doit savoir. En tant que page, mais aussi de compagnon de chasse et de voyage de son maître, il pratiqua l'équitation — qu'il connaissait déjà pour être monté tout jeune sur un cheval — et le maniement des armes et apprit à ne servir que des causes nobles et justes. Le système de valeur de la chevalerie fait du désintéressement la première qualité d'un chevalier, qui doit refuser d'accumuler les richesses.

Sous le règne d'Adalbert III, on devient chevalier par le mérite et la valeur personnelle et non plus selon les revenus et la naissance comme sous les règnes précédents. Cela tient au fait que l'évolution économique, qui s'amorce à partir du règne d'Adalbert II fait apparaître une classe de nouveaux riches issus des villes commerçantes. Ces parvenus s'intègrent à la société féodale en vivant comme des nobles c'est-à-dire sans travailler. Ils aspirent à la noblesse et à la chevalerie jusqu'alors réservées à ceux qui possèdent des terres permettant l'entretien d'un cheval et des revenus suffisants pour qu'ils puissent acheter l'équipement chevaleresque de base, les adoubs — qui comprend le destrier, le heaume, le haubert, l'écu, la lance et l'épée — dont les prix sous Adalbert III sont équivalents aux revenus d'une exploitation seigneuriale de taille moyenne : soit environ 150 hectares ! Il faut, en outre, que l'aspirant chevalier dispose du loisir nécessaire pour s'entraîner assidûment pour se préparer à participer aux combats des tournois.

Le chevalier fait donc partie de la classe dominante : être chevalier, c'est être puissant. Puissance et réputation accompagnent la richesse qui, à cette époque, ne se compose que de biens fonciers et la fonction guerrière revient alors au propriétaire terrien.

En quelques années, Odilon devint l'un des fleurons de la garde de Bertrand de Tür et dans l'entourage de son maître, on commençait à le jalouser pour sa dextérité : rien n'était impossible à Odilon et sa bravoure n'avait d'égal que son sens de l'honneur. Il réussissait tout ce qu'il entreprenait : en un mot, il était doué !

Odilon avait d'ailleurs hâte de pouvoir expérimenter sa force et sa dextérité au combat au cours de ces joutes que son père affectionnait tant et que dans son insouciante jeunesse il croyait accessibles. Il s'y voyait combattre par bande de trois ou quatre chevaliers se jetant sur la bande adverse sur un terrain qui n'est pas limité et où tous les coups sont permis ; il s'identifiait alors à ces héros imaginaires, qui de Hercule, qui de Achille, reviennent toujours vainqueurs de leurs combats. Cela faisait partie de ses rêves et de ce caractère imaginatif qu'il tenait de sa mère. Mais c'est ce côté de sa personnalité qui lui permettait de supporter les moments difficiles et cela l'avait bien souvent aidé lorsqu'il était resté si longtemps séparé de sa famille pendant sa préparation à la chevalerie qui devait durer jusqu'à sa vingtième année et qui fut brutalement interrompue par le départ de son père pour la guerre.

En effet, Odilon venait tout juste de terminer une partie de son apprentissage, lorsque son père le rappela d'urgence auprès de lui. Odilon craignit d'abord pour la santé de sa mère, mais il eut le bonheur de la retrouver en bonne forme à son retour ainsi d'ailleurs que toute sa famille.

Si son père l'avait fait revenir, c'était pour lui parler de son prochain départ à la guerre, à l'appel d'Adalbert III, contre Raynouard II de Galix.

Depuis son arrivée sur le trône d'Aulis, Adalbert III avait tenté de remettre de l'ordre dans l'ensemble du domaine royal en réprimant l'audace des grands vassaux et en rétablissant la sécurité dans les domaines tout en favorisant l'affranchissement des communes.

À l'époque de Hugues de Beaufort, les seigneurs établissent et organisent leur vaste domaine : ils y sont entièrement maîtres, y rendent la justice, lèvent les impôts, rassemblent les hommes de guerre et peuvent même battre leur propre monnaie.

C'est trois siècles avant la dynastie des Adalbertiens, sous la dynastie précédente des Rois Olaviens qu'apparaissent les premières règles dont le développement formera la société d'Adalbert III. Le Roi Baligant IV, 7ème roi Olavien, est, alors, à la tête d'un immense empire, mais éprouve des difficultés à administrer les lointaines provinces de son état. Pour y parvenir, il organise une sorte de décentralisation du pouvoir, et cède, à des princes, des comtes, en échange de leur loyauté, des terres sur lesquelles ils sont les maîtres absolus. Les territoires qui appartenaient aux seigneurs formaient ainsi, parfois, de véritables états.

Le Roi est le suzerain suprême capable de convoquer ses vassaux, en certaines occasions, pour les consulter sur les intérêts du royaume. Le pouvoir appartient au seigneur dominant les régions qui n'ont avec le roi, le plus haut seigneur du royaume, que des liens assez ténus. Pour le reste du temps, ils sont maîtres chez eux.

Mais ce qui fut possible sous le règne d'un roi aussi fort que Baligant IV, fut défait par ses successeurs qui furent incapables de maintenir les seigneurs sous leur autorité. Ceux-ci transformèrent leur province et leur domaine en de petites seigneuries indépendantes.

À la fin du règne d'Adalbert II, un vif désir de liberté se manifesta dans les villes : certains habitants se regroupèrent et jurèrent de se défendre en commun contre la tyrannie de leur seigneur : on nomma ces habitants des jurés et les villes qui s'insurgèrent ainsi prirent le nom de communes.

Plusieurs communes, dont Briais obtinrent ainsi, de leurs seigneurs, l'affranchissement qu'elles réclamaient et la charte de leurs droits nouveaux. Adalbert III favorisa cette institution qui affaiblissait, à son profit, l'autorité des seigneurs. Les milices communales reconnaissantes l'aidèrent dans sa lutte contre les seigneurs de Cercy, du Pisat ou de Caurcy, mais aussi dans les guerres, dont celle contre le roi de Galix.

Hugues avait déjà prêté main-forte au Roi Adalbert III, mais cette fois il ne s'agissait plus de se battre dans des luttes internes, mais de partir faire une guerre et pas des moindres puisqu'il fallait se battre contre le roi Raynouart II, fils de Raynouart Ier de Galix. Raynouart Ier avait établi en Galix la féodalité en prenant soin de réserver, à la royauté, la meilleure part de ses domaines. À la même époque, en Aulis, les seigneurs dominaient le Roi. En Galix, dès le début, le Roi domina le seigneur. En outre, le Duc de Vargone, vassal du Roi d'Aulis, devenait, par la conquête de la Galix aussi puissante que son suzerain. De là naquit une longue rivalité entre l'Aulis et la Galix. À sa mort, Raynouart Ier, laissait quatre fils qui régnèrent successivement : Ysore, Adalmant, Galad et Raynouart II qui fut le dernier à régner.

La nouvelle du départ de son père pour la guerre résonna comme un coup de tonnerre dans les oreilles d'Odilon qui n'y était pas préparé. La guerre…, il en avait entendu parler bien sûr, il avait même étudié l'art de se battre, mais, pour lui, jusque-là, il ne s'agissait que d'un jeu et il n'avait jamais pensé qu'il pourrait y être, un jour, confronté. Il ne sut que répondre à son père et passa auprès de sa famille les quelques jours de bonheur qui lui restaient. Il était devenu plus sage, aguerri qu'il était par ses huit ans passés à l'étranger. Sa sœur était presque devenue une jeune fille, et ils avaient tant à se raconter !

Hugues les réunit pour leur expliquer qu'il fallait organiser son prochain départ. Il estimait que sa femme et sa fille pouvaient très bien rester au château et qu'elles étaient très capables de le garder en son absence puisqu'il n'y avait, à priori, aucun danger et que, de toute façon, avait ajouté Hugues, Odilon était là pour le remplacer en cas de danger. Le jeune âge de son fils ne lui faisait pas peur, le sachant très doué, il était sûr qu'il accomplirait très bien cette tâche.

Hugues se réjouissait que son fils sache manier les armes avec autant de dextérité, mais il souhaitait également qu'il apprenne à réfléchir et cultiver son esprit. Lui-même avait beaucoup appris de son père, mais son prochain départ ne lui permettait pas d'inculquer à son fils ce qu'il savait. Il ordonna donc à Odilon d'aller passer quelque temps auprès du Père François, Abbé de l'Abbaye de Cercy qui serait à même de le remplacer dans cette tâche et de parfaire son éducation et sa culture.

L'abbaye du Comté de Beaufort possède, en effet, de nombreux manuscrits et est un centre de culture et de connaissance réputé. Les nombreux voyageurs qui y font halte s'émerveillent toujours de la richesse des manuscrits et des reliques qu'elle contient.

C'est ainsi qu'Odilon, quelque temps après la réunion de famille, se retrouva à l'Abbaye de Cercy.

L'abbaye est une longue bâtisse rectangulaire qui s'étend d'est en ouest et dont la porte principale, située côté ouest, ouvre sur un cours d'eau : le Lô.
Sur ce même côté se succèdent les écuries, l'étable et les soues qui se trouvent à droite de la porte.
Sur la face sud, on trouve le poulailler, le grenier, le cellier et le pressoir en face desquels s'étendent la vigne et les jardins.
Le moulin est situé à gauche de la porte principale, face nord.
Un gros bloc de bâtiments coupe, ainsi, en quelque sorte, l'abbaye dans son centre et comprend l'église, le cloître, le réfectoire et les cuisines, la salle capitulaire et l'hôtellerie, les dortoirs des moines et le logis abbatial.
Sur le mur opposé à l'entrée principale se trouve une autre entrée, plus petite, que les moines utilisent peu.
Sur cette face est s'alignent l'école et la bibliothèque surplombées du scriptorium où Odilon se rend, presque chaque nuit, en cachette.
Puis, plus loin vers le nord, l'infirmerie et le cimetière font face à l'église.

Mais le temps, à l'abbaye, paraissait bien long à Odilon, retranché dans cette enceinte, loin de l'exercice physique qu'il affectionne tant et qu'il avait l'habitude de pratiquer lorsqu'il était page auprès de Bertrand de Tür. Il était peu enclin à parfaire son éducation et sa culture intellectuelle, bien que le travail qu'il effectuait ici faisait passer plus vite ces lourdes heures.

Hugues demanda encore une dernière faveur à sa femme. Il la pria, expressément, de venir en aide et d'assurer la subsistance, si le besoin s'en faisait sentir, au fils de son ami Thierry de Monbourg, Garin, en l'absence de son père qui l'accompagnait à la guerre. Thierry est un seigneur, vassal d'Hugues, qui habite le Comté voisin. Il participe, avec lui, à la vie politique et est considéré comme un notable dans le Comté.

Thierry de Monbourg a subi des revers de fortune successifs à la suite, entre autres, de plusieurs mauvaises récoltes, ce qui lui avait fait perdre la quasi-totalité de sa fortune et de l'augmentation des dépenses alors que le revenu foncier restait fixe. Ainsi, Thierry n'assurait sa subsistance que grâce à l'aide que lui apportait son maître, et néanmoins ami, Hugues de Beaufort.

Conservant, cependant son rang de noble, Thierry fut, en effet, contraint par les circonstances, de se mettre sous la protection de Hugues, seigneur plus puissant que lui. Comme tout vassal, Thierry devait accompagner Hugues et combattre à ses côtés quand il partait à la guerre et escorter son maître lorsqu'il sortait.
Hugues, en retour, devait sa protection à Thierry et lui permettre de vivre dignement.

Pour cela, Hugues avait confié à Thierry un fief. Une partie du domaine de Hugues de Beaufort était ainsi louée, par petites parcelles, aux habitants.

En échange des terres ainsi concédées, les paysans payaient au maître du château une redevance que Hugues réduisait le plus possible, allant même parfois jusqu'à l'annuler complètement si une mauvaise récolte ou des problèmes familiaux le justifiaient.

Hugues étudiait toujours chaque cas individuellement, refusant de punir ses sujets et de les condamner à des amendes que, de toute façon, leur situation ne leur permettait pas de payer. Les paysans, pour le remercier, lui offraient de menus cadeaux en fonction de leurs moyens financiers.

Et tout cela se passait toujours sans le moindre heurt et ne posait aucun problème.

Le fils de Thierry de Monbourg, Garin, était un adolescent taciturne et violent qui avait manqué d'une présence maternelle : sa mère était morte alors qu'il n'avait que trois ans. Élève seul par son père, il n'avait rien fait de bon pendant toutes ces années. Odilon le connaissait bien et le considérait comme un frère, bien que de sept ans son aîné, Garin ayant souvent été leur compagnon de jeu à sa sœur et à lui. Les trois jeunes gens s'entendaient, par ailleurs, très bien.

L'attachement de Hugues à Thierry était indéfectible. Les deux hommes s'étaient connus alors qu'un jour, lors d'une révolte, Thierry était venu prêter main-forte à Hugues et lui avait sauvé la vie. Depuis, ils ne s'étaient plus quittés et Hugues se sentait redevable envers Thierry.

Curieusement, Hermeline n'aimait pas Garin qu'elle jugeait sournois. Elle avait toujours conseillé à Odilon et Bertille de se méfier de lui. Mais elle ne voulut pas contrarier son époux, comprenant d'ailleurs très bien le lien qui l'attachait à Thierry.

Ce qui fut dit fut donc fait, et il n'y eut pas à y revenir. Personne ne trouva, d'ailleurs, à redire à cette distribution des rôles qui semblait leur convenir à tous : Hugues partant à la guerre et Odilon se préparant à se rendre à l'abbaye.

Mais cet hiver-là fut plus rude que les autres. Le froid avait gelé les terres et les paysans étaient pessimistes sur les récoltes. Garin attrapa une mauvaise fièvre et un jour où Odilon lui rendait visite, il le trouva alité et bien mal en point. Il semblait amaigri et ses habits ressemblaient à des haillons. N'écoutant que son bon cœur, Odilon attela son cheval à une charrue, y porta Garin et le ramena au château.

Après quelques jours de soins attentionnés d'Hermeline et du Frère Thibaud, qu'elle avait appelé en urgence, Garin fut vite remis sur pied. Il ne cessait de remercier Hermeline pour son hospitalité et sa gentillesse tout en vantant les bienfaits d'une présence féminine à ses côtés. Hermeline, bien que réticente au début, fut émue par la reconnaissance que lui témoignait Garin et lui proposa de rester au château, jusqu'à la fin de l'hiver, afin de lui laisser le temps de reprendre des forces. Garin accepta avec gratitude. Tout était donc pour le mieux et Odilon regagna l'abbaye, le cœur tranquille.

Plusieurs mois s'écoulèrent, Odilon était à l'abbaye et Garin toujours au château.

CHAPITRE IV

L'étau se resserre

En se rendant à la cachette indiquée par l'Abbé, Odilon repensait à ces mois passés à l'Abbaye de Cercy. Il tournait et retournait dans sa tête la conversation qu'il venait d'avoir avec l'Abbé, mais ne parvenait pas à comprendre ce qui se tramait autour de lui. Il pensait que l'Abbé, comme sa mère, aggravait la situation, que les choses ne pouvaient pas être aussi graves. Il n'arrivait d'ailleurs pas à se convaincre que Garin pouvait agir ainsi envers lui et envers sa famille qui avait toujours été bonne pour lui.

Pourtant, Odilon devait se faire une raison et se rendre à l'évidence : les rares nouvelles qu'il avait eues du château, ces derniers mois, n'étaient pas aussi bonnes qu'il avait bien voulu le croire. Sa sœur, elle-même, ne lui avait adressé qu'un mot, très court, il y avait quelques semaines.

Odilon sortit de sa poche un petit morceau de parchemin froissé sur lequel étaient griffonnés ces quelques mots : « Tu me manques. Peut-être pourrais-tu venir quelques jours ? Il faut que je te parle au plus vite ». Rien de plus.

Pour quelqu'un qui, en temps normal, était si prolixe, c'était une lettre un peu courte, mais cela était pourtant explicite.

Seulement, voilà, Odilon n'avait pas accordé l'importance qu'il fallait à l'appel de sa sœur. Il avait mis cela sur le compte de sa solitude et pensait que c'était une ruse que Bertille utilisait pour le faire revenir quelque temps parce qu'il lui manquait. Mais jamais il n'avait pensé... D'ailleurs il n'aurait jamais imaginé... Ce n'était pas concevable... Comme lui, Odilon, n'aurait pas agi ainsi, comment aurait-il pu imaginer que quelqu'un d'autre puisse le faire ?

Maintenant, il lui apparaissait clairement que Bertille avait voulu le prévenir, mais peut-être était-elle surveillée, elle aussi, et n'avait-elle pu lui en écrire davantage ? Quel dommage qu'il soit aussi loin !

Il pouvait passer outre les conseils de l'Abbé, mais au fond de lui, Odilon faisait confiance à cet homme.

- S'il agit ainsi se dit-il, c'est qu'il a ses raisons.

Et Odilon avait assez de discernement pour savoir que, cette fois, il lui fallait obéir, même s'il n'en avait pas envie, même si une force irrépressible, tout au fond de lui, se réveillait et lui intimait l'ordre de passer à l'action, de se rendre au château pour voir ce qui s'y tramait !

Mais une autre voix, plus forte que l'autre encore, lui disait de ne pas répondre à ses instincts, d'attendre que ce soit le moment, le bon moment pour agir, plus tard, encore un peu plus tard !

Odilon aurait aimé en avoir le cœur net. Après tout, si quelqu'un voulait le voir, qu'il vienne, il était prêt et bien armé pour l'accueillir. D'ailleurs, ce déploiement d'orgueil était inutile puisqu'Odilon savait très bien que le Père Abbé le protégerait si quelqu'un venait le chercher.

Cependant, Odilon restait aux aguets, l'oreille en alerte, prêt à bondir sur ce soi-disant émissaire pour faire éclater la vérité. Il bouillait intérieurement, le sang montait à ses tempes, lorsqu'il y pensait. Il espérait pouvoir glaner dans l'attitude de l'émissaire, un geste, une parole, une action, quelque chose, il ne savait pas quoi au juste, mais quelque chose qui pourrait faire éclater la vérité, qui ferait, que cette fois, il n'aurait plus aucun doute sur les intentions de Garin.

Pour l'heure, il fallait attendre et suivre les instructions de l'Abbé. Arrivé dans la cachette, Odilon ouvrit la trappe qui en obstruait l'entrée et se glissa à l'intérieur grâce à une échelle de bois, amovible, qui était posée contre le mur.

Il jeta un regard autour de lui. Il prit sa torche et inspecta la pièce dans laquelle il se trouvait. Une foule d'objets curieux l'emplissait ou étaient suspendus aux murailles. De vieux manuscrits se trouvaient mêlés aux volumineux ouvrages de théologie et aux écrits de savants. Il y en avait partout, du sol au plafond, amoncelé en piles par terre. Les murs, eux-mêmes, étaient tapissés de vieux bouquins.

Odilon qui aimait les livres allait être servi ! Beaucoup du capital culturel convergeait, en effet, vers l'abbaye où l'on tâchait de retrouver, et de regrouper le plus possible de manuscrits.

Les livres occupaient tout l'espace de la pièce : quelques-uns étaient écrits en caractères orientaux, d'autres cachaient leur secret sous le voile mystérieux de signes cabalistiques.

Odilon ne put trouver qu'une petite parcelle de sol libre où il s'agenouilla, après avoir déposé sa torche dans l'encoche prévue à cet effet dans le mur.

L'aspect général de cette pièce exiguë, ajoutée aux objets qui s'y trouvaient était de nature à frapper l'imagination d'un jeune esprit rêveur comme celui d'Odilon.

- J'espère que cela ne va pas durer trop longtemps parce que cette cachette est un peu réduite et pas très confortable, pensa-t-il.

Il prit un livre au hasard. Il était écrit dans une langue inconnue de lui. L'écriture ressemblait à des arabesques. Il tourna les pages pour passer le temps. Il se tapit dans son petit coin sombre, se mit à somnoler puis s'endormit tout doucement en rêvant. Il chevauchait un tapis volant, à mille lieux au-dessus de la terre, croisant sur son passage les nuages qui lui souriaient. Le vent balayait ses boucles blondes. Il se sentait léger, si léger, avec des possibilités illimitées, emportées vers des lieux inconnus. Dans sa course il croisait une naïade aux yeux de rêve. Elle sauta sur son tapis et ils continuèrent ensemble leur mystérieux voyage.

Pendant ce temps, quelqu'un rôdait autour de l'abbaye. Profitant de l'obscurité, prenant bien soin de ne pas être vue, une ombre se glissa hors du logis de l'Abbé où elle s'était tapie pendant la conversation d'Odilon avec le Père Abbé. Longeant le dortoir des moines, sans bruit, elle traversa le jardin Sud et se dirigea vers le grenier.

À l'intérieur du grenier, la lune éclaira de ses rayons une forme inconnue qu'on ne pouvait distinguer du fait de l'obscurité. L'ombre s'avança vers elle.

- J'ai surpris une conversation entre le Père Abbé et Odilon. Un émissaire du château vient ce matin pour le chercher. L'Abbé a caché Odilon dans un endroit secret dont lui seul à la clé. Il s'agit d'un passage situé dans le cloître, à la cave. Je n'en sais pas plus.
- Hum... grommela l'inconnu. Merci. Il faut agir vite maintenant.

Il s'interrompit en entendant des bruits de pas venant du dehors.

- Retourne au dortoir, il ne faut pas que l'on nous voie ensemble.

L'ombre sortit comme elle était venue et disparut dans la nuit.

Quelques heures plus tard, le silence de l'abbaye fut brutalement interrompu par des coups frappés violemment sur la porte d'entrée.

Le frère Otinel qui passait justement à proximité de l'entrée, allant vers les écuries, s'approcha du frère portier qui ouvrit la porte. Dans l'encadrement de celle-ci apparut un homme de haute stature, à l'allure vigoureuse, portant une grande barbe brune. Autour de lui se trouvait une vingtaine d'hommes armés.

- Conduis-moi devant le Père Abbé dit l'homme s'adressant à Frère Otinel en tenant son cheval à la main.

Le frère Otinel, stupéfait, s'exécuta et accompagna l'homme vers le logis abbatial. Il le fit attendre quelques instants, se pressant d'aller prévenir le Père Abbé à qui il exposa la raison de ce tumulte.

-        Mon Père, il... il y a là une ving... vingtaine de per... sonnes qui... qui de... demande à vous... vous voir !

Otinel bégayait et parlait de façon saccadée, tremblant de peur.

-        Bien. Prévenez que je descends, répondit simplement le Père Abbé tout en se glissant hors de sa paillasse.

Malgré sa forte fièvre, l'Abbé s'emmitoufla dans sa bure puis descendit rejoindre l'homme qui l'attendait au rez-de-chaussée. Il s'avança vers lui.

-        Que puis-je pour vous ? demanda l'Abbé à l'homme
-        Je suis le sergent Raoul. J'ai ordre de ramener Odilon au château auprès de sa famille, Père Abbé. Je vous prie d'aller le chercher.

Le Père François dévisagea Raoul et le toisa du regard. C'était un homme plutôt disgracieux de sa personne, aux traits plutôt grossiers, mais dont la corpulence laissait transparaître une grande force physique. Son maintien était droit et fier et sa démarche très mâle.

L'Abbé le connaissait bien pour avoir eu parfois affaire à lui depuis le départ de Hughes de Beaufort lorsqu'il était, alors, attaché au château. Mais ces intentions, depuis le départ de son maître pour la guerre, n'étaient plus honorables, et l'Abbé soupçonnait Raoul, d'être devenu le serviteur armé de Garin. Il subodorait que Raoul faisait partie de ces «Lupus», ces «cavaliers du donjon» que les habitants craignaient tant. Cependant, Raoul bien que plutôt brutal, était désireux d'effectuer son travail dans le respect des règles et l'Abbé comptait bien s'en servir.

- Vous avez un mot de sa mère, je pense ? demanda le Père Abbé
- Non… Je n'en ai pas besoin, répliqua sèchement Raoul
- Raoul, répondit doucement le Père Abbé, comme vous le savez, ce lieu est un lieu sacré. Nous avons des lois et des règles que nous ne pouvons enfreindre. Dites-moi plutôt, pourquoi vous venez chercher Odilon ?
- Je dois le ramener au château, répondit brutalement et simplement Raoul

Le Père Abbé jeta un regard alentour.

- Et vous avez besoin d'être aussi nombreux pour venir chercher un si jeune garçon, tout seul ? ironisa-t-il.

Raoul sembla mal à l'aise.

- Vous semblez oublier ces bandes de pillards qui rôdent dans la région. Ni la forêt ni la ville ne sont sures en ce moment. Les routes sont très dangereuses pour deux hommes seuls. Il m'a semblé préférable de me faire accompagner pour protéger Odilon du danger.
- Je ne me sentirais pas en sécurité avec les gens qui vous accompagnent, je vous l'assure Raoul, rétorqua le Père Abbé en voyant la mine patibulaire de sa soi-disant escorte

Raoul attendit quelques instants puis reformula sa demande.

- Alors mon Père, vous allez chercher Odilon ?
- Vous oubliez qu'en l'absence de son père je suis son tuteur et il ne peut rien faire sans mon consentement. Votre réponse ne me suffit pas, répliqua sèchement le Père Abbé.
- J'ai ordre de le ramener par tous les moyens et même de fouiller l'abbaye s'il le faut précisa Raoul.
- Nous y voilà ! Je vous l'interdis ! s'exclama le Père Abbé. Vous êtes ici sous ma juridiction et je m'oppose formellement à ce que cette abbaye soit fouillée. Oubliez-vous que c'est un sanctuaire où les voyageurs peuvent faire halte pour se reposer de la fatigue de la route et de ses dangers ? Vous ne pouvez pas violer nos règles ou bien vous risqueriez les foudres de Notre Seigneur. Vous savez que sa Justice est redoutable.

Raoul écouta patiemment ce que lui disait l'Abbé tout en étant bien décidé à remplir la mission que lui avait confiée Garin jusqu'à son terme.

Il connaissait Garin de Monbourg depuis peu, mais il savait qu'il ne plaisantait pas sur les ordres qu'il donnait et qu'il exigeait de ses hommes une parfaite loyauté. Il s'était rallié à Garin parce qu'il lui avait promis de l'argent, beaucoup d'argent même, en échange de ses services. Raoul était un homme pauvre qui devait assurer la subsistance de sa famille, une femme et trois enfants, dont un en bas âge. La proposition de Garin tombait à point nommé. Il ne pouvait pas la refuser.

Mais Raoul savait également ce qu'il risquait en trahissant le Comte Hugues de Beaufort. Il avait fait part de ses craintes à Garin, mais celui-ci, lui avait assuré que celles-ci n'étaient pas fondées puisqu'il n'y aurait plus personne pour leur barrer la route lorsque son plan serait mis à exécution.

Pourtant, Raoul n'était pas un mauvais bougre et, s'il agissait ainsi, c'était plus en raison des circonstances que de ses motivations profondes.

Perdu dans ses pensées, Raoul réfléchissait. Il connaissait bien Odilon et il ne partageait pas l'avis de Garin sur lui. Il pensait, au contraire, qu'Odilon était très dangereux, parce que futé, et se trouvant toujours là où on l'attendait le moins. Il avait entendu parler de ses prouesses militaires, et lui, Raoul, ancien soldat, le respectait pour sa valeur et c'était un peu pour cela qu'il s'était fait accompagner par ses hommes.

Il fallait donc qu'il mette au point une stratégie imparable, un stratagème infaillible, sans avoir à passer outre les ordres de l'Abbé. Il savait bien que l'Abbé avait raison et qu'il lui était interdit de saisir Odilon dans l'enceinte de l'abbaye et dans les terres qui la jouxtaient.

Soudain, un sourire éclaira son visage. Il avait trouvé ! Il s'adressa à nouveau au Père Abbé qui attendait tranquillement :

-        Très bien dit-il. Puisque c'est ainsi, je vais poster des hommes tout autour de l'abbaye. Plus personne ne pourra sortir ou entrer sans être vu. Ainsi, je n'enfreindrai aucune règle et je capturerai Odilon dès qu'il apparaîtra.
-        Comment cela, « capturer Odilon » ? interrogea malicieusement le Père Abbé. Je croyais que c'était sa famille qui l'envoyait chercher ?

Il y eut un trouble dans les yeux de Raoul qui répliqua cependant aussitôt :

-        Mais... C'est ce que je voulais dire.

- Je suis surpris de vos procédés Raoul. Vous m'aviez habitué à plus d'honneur.

Raoul parut gêné, mais n'en laissa rien paraître. Il se retira et retourna vers ses hommes donner ses ordres.

Le tumulte avait réveillé la torpeur de l'abbaye. Dès les premiers éclats de voix, les moines s'étaient rassemblés autour de l'Abbé, personne n'ayant osé intervenir. Tous savaient que l'abbaye représentait une force assez forte et autonome pour pouvoir tenir tête à l'administration laïque et aux soldats, et que ce n'était pas un groupe de vingt personnes qui allait faire peur aux moines. Raoul n'enfreindrait aucune règle, car il craignait trop le jugement de Dieu.

Néanmoins, sa visite provoqua un remous parmi les moines. L'un d'entre eux, Frère Aubin, un moine de petite taille à l'allure élancée et au regard sournois, s'approcha du Père Abbé et s'enquit auprès de lui de la raison de ce tumulte.

- Rien de grave, croyez-le bien, mon frère, répondit le Père François laconiquement.

Le frère Aubin n'osa pas insister davantage. Pourtant, depuis qu'il était à l'abbaye, il n'avait jamais vu un tel déploiement de forces.

Les hommes de Raoul, une bande de vingt fripons qu'il avait enrôlés quasi de force, étaient de solides gaillards qui n'agissaient que pour l'argent. Ils prirent donc, suivant les ordres du sergent Raoul, position tout autour de l'abbaye en se concentrant essentiellement autour de la porte d'entrée principale, côté ouest, et de la porte dérobée du côté opposé.

Quand l'abbaye fut cernée, Raoul revint vers le Père Abbé.

- Voilà, mon Père, nous sommes en place. Nous n'abuserons pas plus longtemps de votre temps.

Il se retira avec l'impression d'avoir réussi à piéger celui qui avait cherché à le tromper. Raoul était sûr de la réussite de sa trouvaille. Ainsi, tout se passait pour le mieux : il respectait l'enceinte de l'abbaye et obéissait aux ordres de son nouveau maître.

Le Père Abbé le regarda partir puis se retira dans sa cellule. Cette scène n'avait pas duré très longtemps, mais elle l'avait beaucoup fatigué. Il se remit au lit quelques instants et s'endormit profondément.

Lorsqu'il se réveilla, les cloches de l'église sonnaient vêpres. La nuit commençait à tomber.

- C'est le bon moment, jugea-t-il pour aller délivrer Odilon.

Il sortit précipitamment de sa couche, se rendit dans le cloître, descendit à la cave et ouvrit la lourde trappe secrète.

- Tu peux sortir maintenant Odilon. Il n'y a plus de danger, murmura-t-il dans le noir, la torche d'Odilon s'étant éteinte, plongeant la pièce où il s'était retranché dans une totale obscurité.

Il y eut un silence, pendant lequel le Père Abbé retint sa respiration, puis un bâillement lui répondit et Odilon apparut tout endormi dans l'encadrement de la trappe

- C'est vous enfin mon Père. Je commençais à trouver le temps long dit Odilon encore tout endormi.

Il remit l'échelle à sa place et grimpa rejoindre l'Abbé.

- Allons souper, mon petit. Nous parlerons après dit le Père François.

En sortant du cloître, ils croisèrent plusieurs moines qui se rendaient au réfectoire. L'un d'entre eux les observait intensément et son regard semblait déterminé.

CHAPITRE V

L'Abbé dévoile son secret

Après le souper, l'Abbé regagna sa cellule et demanda à Odilon de l'y rejoindre. Frère Aubin le rattrapa et resta, à dessein, à ses côtés.

- Mon Père, je me demande ce qui se passe. Nous n'avons pas vu Odilon de la journée et nous nous inquiétons ! dit Frère Aubin d'une voix mielleuse.
- Et bien, rassurez-vous maintenant, répondit l'Abbé un peu agacé, Odilon va très bien. Je l'avais tout simplement chargé d'un travail qu'il a exécuté, c'est tout.
- Mais y aurait-il un rapport entre l'absence d'Odilon et la venue de Raoul ce matin ? insista Frère Aubin.

Cette insistance incommoda beaucoup l'Abbé. Il s'arrêta et considéra le Frère d'un regard interrogateur.

- Où voulait-il en venir ? se demanda-t-il, puis, du Frère. Vous savez, mon Frère, les voies du seigneur sont impénétrables. Il se fait tard, je suis malade et je crois que vous avez du travail. Nous ferions mieux d'aller nous reposer. Demain, nous y verrons sans doute plus clair.

Frère Aubin n'insista pas, il avait compris que c'était une façon élégante de clore la conversation.

L'Abbé s'éloigna, à la fois perplexe et surpris par la curiosité du Frère. Cela lui confirmait ses pires craintes : le danger était donc bien réel et il était grand temps de prendre les précautions qui convenaient.

Quelque temps plus tard, Odilon avait rejoint l'Abbé comme il était convenu. Il était encore tout chaviré par la révélation que lui avait faite l'Abbé François le matin même et son visage portait encore les traces du choc qu'il avait subi. Pourtant, Odilon gardait dans les yeux une détermination qui frappa l'Abbé.

-       Comment te sens-tu mon petit ? demanda l'Abbé à Odilon sur un ton paternaliste.
-       Bof, répondit Odilon, j'ai l'impression que le ciel m'est tombé sur la tête, mais ça va ! Ces longues heures de solitude m'ont laissé le temps de réfléchir.

Puis, après un bref silence, il ajouta :

-       Comment cela s'est-il passé ce matin avec l'émissaire du château ?

Le Père Abbé raconta à Odilon sa rencontre avec Raoul, les propos échangés, puis il conclut malicieusement s'attendant à une réaction de la part d'Odilon.

-       Il était accompagné de vingt personnes au moins !
-       Vingt personnes ? s'exclama Odilon surpris. Mais pour quoi faire ? Pour venir me chercher, moi, tout seul ?
-       C'est ce que je lui ai fait remarquer.
-       Et qu'a-t-il répondu ?
-       Que les routes n'étaient pas sures.
-       Et qu'en pensez-vous ? Était-il sincère ?

- Je pense qu'il a raison, dehors le danger menace. Des brigands parcourent les routes qui, de ce fait, ne sont, effectivement, pas sures... Mais je ne crois pas que ce soit la vraie raison pour laquelle il s'est fait accompagner.
- Et quelle est cette vraie raison ? demanda Odilon

Le Père Abbé montra la fenêtre à Odilon et lui fit signe de s'approcher.

- Regarde, dit-il simplement en montrant de la main les alentours.
- Je ne vois rien de particulier, que devrais-je voir ? interrogea Odilon
- Regarde attentivement, insista l'Abbé. Tu apercevras alors des hommes postés tout autour de l'abbaye.

Odilon scruta les environs et aperçut, en effet, par endroits, les soldats en faction autour de l'enceinte de l'abbaye.

- Mais que font-ils là ? demanda-t-il à l'Abbé
- Ils attendent de s'emparer de toi si tu quittes ces murs.
- Alors c'était donc vrai! lança Odilon dépité. Voilà la preuve que j'attendais! Cette fois, j'ai la confirmation qu'il se trame quelque chose de louche au château. En l'absence de mon père, ma mère doit pouvoir compter sur moi. Il faut que je fasse quelque chose.
- Oui, mais quoi mon petit? As-tu une idée? interrogea l'Abbé
- À la vérité, je n'en sais rien du tout pour le moment, se lamenta Odilon. Ce qu'il faut en priorité, c'est que je sorte d'ici! Que pourrais-je faire si je reste enfermé ici ?
- Ce serait pourtant la meilleure solution, fit remarquer l'Abbé. Mais, je te l'accorde, elle ne peut être que temporaire. Tu

ne peux pas rester ici plus longtemps, en effet. Je crains qu'il y ait des ramifications de ce complot jusqu'à l'intérieur de cette abbaye.

-       Qu'est-ce qui vous fait penser cela ? s'enquit Odilon

-       Je te sens épié... Il se passe des choses étranges. À deux reprises, le Frère Aubin m'a interrogé sur la raison de ton absence et la venue de Raoul. Son insistance me gêne. Je le soupçonne de me cacher quelque chose, pourtant c'est un Frère d'une grande probité, si seulement, il voulait se confier, les choses s'éclairciraient peut-être. Cela dit, tous ces évènements commencent à délier bien des langues et je ne te sens plus en sécurité ici. D'une heure à l'autre, Raoul peut investir l'abbaye avec ses hommes malgré mes interdits. Il faut que tu partes, au plus vite, te cacher ailleurs, dans un endroit où personne n'ira te chercher.

-       C'est une bonne idée, mais comment puis-je faire puisque je suis prisonnier ici ?

-       Il y a toujours des solutions, dit l'Abbé d'un œil goguenard.

Odilon restait perplexe. L'Abbé poursuivit.

-       Je connais quelqu'un dans le village qui a toute ma confiance et, en plus, je sais qu'il aime beaucoup ton père et qu'il lui est resté fidèle. Il faut que tu ailles le voir de ma part. Tu resteras quelque temps avec lui, jusqu'à ce que les choses se tassent. Je serai plus tranquille que de te savoir ici où au château.

Tout en parlant, le Père Abbé griffonna quelques lignes sur une feuille de parchemin.

-       De qui s'agit-il ? demanda Odilon

-       De Robert, le maréchal-ferrant et ancien Prévaut de la
ville. Il vient parfois à l'abbaye. Peut-être l'as-tu déjà croisé ?

Pour la première fois, depuis le début de leur conversation, le
visage d'Odilon s'éclaira.

-       Oh oui ! Je le connais... très bien même !

Il semblait ravi qu'il y ait encore quelqu'un dans ce Comté à qui
il puisse se fier.

-       Un jour, continua-t-il avec emphase, Robert m'a montré
comment on ferre un cheval. Et, en plus, je sais où il habite. Il
m'a même invité à passer le voir quand je le voulais.
-       Et bien, voilà qui est parfait, conclut l'Abbé

Soudain, la joie d'Odilon s'éteignit et, soudainement, il regarda
l'Abbé pensivement.

-       Mais, ce n'est pas possible. Vous oubliez un détail mon
Père ?
-       Ah oui ? Lequel ?
-       Bah, comment comptez-vous me faire sortir d'ici ?
-       Oh, cela n'est pas bien difficile ! Tu sais, mon enfant, je
vis dans cette abbaye depuis bien des années et cela m'a laissé
du temps pour en inspecter tous les recoins. C'est ainsi qu'un
jour, au cours d'une de mes nombreuses investigations, j'ai
découvert...

L'Abbé laissa sa phrase en suspens à dessein. Il aimait faire
durer le suspense.

-       Quoi ? s'impatienta Odilon

- ... J'ai découvert... un... passage secret.
- — Ouahou....!!!

Les yeux d'Odilon se mirent à briller, il se rapprocha de l'Abbé tout excité.

- Oui, oui, mais ne t'emballe pas comme cela. Je n'ai pas utilisé ce passage secret depuis bien longtemps et je n'ai aucune idée de l'état dans lequel on va le trouver. De toute façon, c'est actuellement, la seule solution pour que tu quittes l'abbaye s'en encombre. Crois-moi, il faut au moins essayer, on ne risque rien. Odilon était enchanté à l'idée de devoir emprunter un vrai passage secret. Enfin, l'aventure commençait.

L'Abbé prit une feuille de parchemin sur lequel il schématisa, rapidement, le souterrain.

- Ce passage secret passe sous l'abbaye depuis la salle capitulaire et ressort, derrière la rivière, à l'endroit que j'ai indiqué d'une croix.

L'Abbé pointa du doigt la croix qu'il venait d'inscrire sur son plan.

- La sortie est camouflée par un énorme bosquet. Il n'y a, à priori, aucun danger ; je l'ai expérimenté moi-même, à maintes reprises. Une fois, dehors, tu connais le chemin qui te mène jusqu'à la ville donc il n'y a pas de problème particulier.

Le Père Abbé s'interrompit quelques minutes puis reprit pendant qu'Odilon observait le plan.

\- Maintenant, voyons l'entrée. Là, c'est un peu plus compliqué, surtout si l'on te surveille. Il ne faut absolument pas que l'on te voit. Voilà comment l'on va procéder : tu te rendras dans la salle capitulaire, là tu trouveras, sur le mur est, une pierre qui dépasse légèrement des autres. Sur cette pierre, tu verras une forme ronde qui permet d'ouvrir l'accès au passage secret. Il te suffira, alors, d'appuyer à trois reprises sur cette pierre pour actionner le mécanisme. C'est très simple, comme tu le vois, si celui-ci n'est pas rouillé ! Une fois à l'intérieur, n'oublie pas d'allumer ta torche, tu déboucheras alors, sur un escalier qui descend en colimaçon. Tu emprunteras cet escalier qui te mènera à un croisement. C'est là qu'il faut être très vigilant, car il faut, impérativement, que tu empruntes le chemin de gauche : c'est très important, sinon tu risques de te perdre et d'arriver à un cul-de-sac sans pouvoir faire demi-tour. D'autant plus que je ne sais pas où mènent les autres chemins. As-tu bien tout compris ?

\- Oui, je crois, répondit évasivement Odilon, puis il se ressaisit et demanda : Et quand suis-je supposé partir ?

\- Nous partirons ce soir, après complies, quand la nuit sera noire, il y aura moins de danger. Nous nous retrouverons devant la salle capitulaire.

\- Nous ? dit Odilon stupéfait

\- Oui je t'accompagne mon petit, nous ferons le début du chemin ensemble. Il n'est pas question que tu partes seul. C'est bien trop dangereux, je ne sais pas quelle rencontre tu pourrais faire.

L'Abbé se dirigea vers sa couche.

\- Maintenant, il faut que je me repose quelques heures avant notre départ. Cette méchante fièvre me fatigue beaucoup.

Il prit sur sa table de chevet un verre déjà rempli.

\-   Cette potion que Frère Thibaud m'a préparée me fait beaucoup de bien, dit-il en avalant le contenu du verre. Allez va maintenant, mon petit, et sois très prudent. Il ne faut pas que les moines se doutent de ton départ.

\-   Bien. Merci, mon Père. Vous avez déjà fait beaucoup pour moi et je ne pourrai jamais assez, vous remercier.

\-   Laisse donc. À ce soir

Du bruit provenant de la cour décida l'Abbé à revenir près de la fenêtre. Dehors, il régnait une agitation anormale qui l'intrigua. Les moines allaient et venaient, dans la cour, qui, en temps normal, à cette heure tardive, était toute calme. Une inquiétude enveloppa l'Abbé. Mais, il ne voulut rien en laisser paraître devant Odilon. Il se sentait si fatigué, soudainement, qu'il ne pouvait à peine se tenir debout. Il prit sur lui, et fit un effort pour retourner vers sa couche et s'y rallonger. Il fournit un dernier effort pour remettre à Odilon deux morceaux de papier : sur le premier, il avait griffonné quelques mots à l'intention de Robert, le maréchal-ferrant, sur le second se trouvait le plan du passage secret.

\-   Prenez soin de vous, mon Père, dit Odilon, avant de quitter la pièce le cœur serré

\-   Que Dieu te garde mon petit murmura l'Abbé d'une voix déjà endormie alors qu'Odilon refermait la porte derrière lui.

CHAPITRE VI

La fuite

Dehors, régnait une grande effervescence. Les moines couraient de tous côtés. Odilon réussit à arrêter Frère Pinabel en l'attrapant par la manche de son habit.

- Que se passe-t-il ? lui demanda-t-il
- Raoul a renforcé la garde dehors ! Il paraît que quelqu'un est allé lui parler. Il y a beaucoup de mouvements. Vous savez, les moines ne sont pas habitués à un tel remue-ménage. Tout cela perturbe beaucoup le fonctionnement de l'abbaye. Depuis que je suis ici, je n'ai jamais connu ça. Pour couronner le tout, des visiteurs viennent d'arriver et ont demandé à passer la nuit à l'abbaye : rendez-vous compte, ils ont été fouillés avant d'entrer !...Fouillés !!! Ils ont demandé à voir le Père Abbé, c'est lui d'habitude qui reçoit les hôtes, mais on a beau frapper, il ne répond pas.
- Oui je sais, dit Odilon, il se repose.
- Ah bon ?! Alors... J'ai peur pour les bêtes, tout ce remue-ménage, ça les rend nerveuses. Je vais au poulailler voir les poules : si elles ont peur, elles ne pondront pas demain.

Il avait à peine fini de prononcer ces derniers mots qu'il avait déjà repris sa route en courant. Mais, à quelques pas de là, Frère Pinabel se retourna brusquement et cria à l'attention d'Odilon qui l'avait suivi des yeux.

-       Au fait, la truie va mettre bas ce soir, si vous voulez voir ça, suivez-moi.

Odilon lui emboita le pas et le suivit jusqu'aux soues.

Sur leur route, ils croisèrent un moine qui camouflait son visage dans le capuchon de sa bure. Un autre homme qu'il semblait très bien connaître l'accompagnait. Ils se rendaient tous deux au grenier.

-       Alors ? demanda l'inconnu
-       C'est fait, comme vous me l'avez demandé répondit le moine
-       Tout a bien marché ?
-       Oui. L'Abbé a bu le verre que j'avais mis à la place de la potion du Frère Thibaud : il devrait dormir jusqu'à demain.
-       Bien. De ce côté-là, au moins, on est tranquille. Et pour Odilon ?
-       C'est pour ce soir, comme prévu. J'ai prévenu Raoul, il a posté des hommes à la sortie du souterrain. Ils le cueilleront dès qu'il mettra le nez dehors.
-       Il ne devrait plus nous échapper maintenant. Soyons prudents tout de même. Séparons-nous.

L'homme entra dans le grenier, le moine poursuivit sa route.

Ni Odilon, ni Frère Pinabel n'avaient entendu cette conversation. D'ailleurs, ils n'avaient même pas prêté attention à ces deux personnes, trop occupés qu'ils étaient à penser à la naissance à laquelle ils allaient bientôt assister. En sortant du poulailler, Odilon aperçut une jeune fille dont la beauté l'émut au plus haut point.

- Qui est-ce ? demanda-t-il à Frère Pinabel sans pouvoir quitter la jeune fille des yeux

Frère Pinabel se retourna en direction du regard d'Odilon.

- Ah ! C'est elle qui est arrivée ce soir accompagnée d'une autre femme, plus âgée, sa mère, je crois. Ne nous attardons pas sinon, nous arriverons trop tard pour voir la truie cochonner.

Odilon resta un moment sans pouvoir bouger. Il aurait voulu avoir le temps de s'arrêter pour parler à cette belle inconnue. Il ressentit, en la voyant, un sentiment qu'il ne connaissait pas encore, mais qui l'étreignait si fort qu'il l'immobilisait. C'était une sorte de frisson qui lui picotait tout le corps, accélérait son rythme cardiaque, lui donnant de la vigueur. Un de ces frissons bien agréables qu'Odilon aurait voulu emprisonner dans son souvenir pour l'éternité.

Cependant, il préféra continuer sa route et rattraper Frère Pinabel qui disparaissait déjà dans les soues. De toute façon, il se consola, pensant que cette jeune fille venait seulement d'arriver, dans les conditions assez désagréables que lui avait relatées Frère Pinabel et qu'elle aimerait sûrement mieux prendre du repos. Il rejoignit, à la hâte, frère Pinabel dans les soues justes à temps pour assister à la naissance du cochonnet, l'esprit ailleurs encore empli de cette apparition féerique.

Après que la truie eut mis bas, Odilon regagna le dortoir. Il n'avait encore jamais assisté à une naissance et celle qu'il venait de voir le troubla. Il avait vu, soudain, devant ses yeux, naître un nouvel être qui n'existait pas quelques secondes auparavant. Et il trouva cela merveilleux. À bien réfléchir, il avait appris, durant ces dernières heures, un nombre impressionnant de choses dont il n'imaginait même pas auparavant l'existence : il y avait eu la trahison de Garin qu'il aimait comme un frère, puis sa retraite forcée pour il ne savait quelle raison, et maintenant il devait fuir : fuir quoi ? Il ne savait pas, mais il devait se cacher. Pourquoi ? Il était bien décidé à en connaître la raison.

Il aurait aimé se rendre au château, après tout il y était encore chez lui, et parler à sa mère et à sa sœur plutôt que d'aller voir Robert qu'il ne connaissait pas vraiment. Odilon ne comprenait réellement pas pourquoi l'Abbé avait tant insisté pour qu'il ne retourne pas au château en ce moment. Il ne pouvait s'empêcher de se demander comment allait sa famille en cet instant.

Connaissant sa mère et sa sœur, il ne faisait aucun doute qu'elles devaient se faire beaucoup de souci pour lui. Il aurait aimé les rassurer en leur faisant parvenir un message pour leur donner de ses nouvelles. Mais comment aurait-il pu faire ? Et puis pour le moment, Odilon admit qu'il avait autre chose à penser.

Arrivé dans le dortoir, Odilon fit son sac, un petit sac parce qu'il n'avait pas apporté grand-chose, puis il s'allongea sur sa couche, décidant qu'il serait préférable d'attendre tranquillement que le calme soit revenu dans l'abbaye avant de se rendre au rendez-vous, fixé par l'Abbé, dans la salle capitulaire. Toutes ces émotions l'avaient bien fatigué et, sans s'en rendre compte, il sombra dans un profond sommeil.

Lorsqu'il se réveilla, l'abbaye avait retrouvé son calme. Des moines dormaient autour de lui. Odilon jeta un coup d'œil au-dehors : la lune brillait de tous ses feux, il devait être autour de minuit. C'était le moment qu'Odilon attendait. Il attrapa son sac en prenant soin de ne pas faire de bruit pour ne pas éveiller les moines, s'emmitoufla dans son épaisse cape de serge munie d'un capuchon, quitta le dortoir et longea l'hôtellerie jusqu'à la salle capitulaire. Il prenait soin de ne pas s'éloigner du mur, l'Abbé lui ayant dit qu'il était essentiel de ne pas se faire remarquer. Il n'avait pas, par précaution, allumé sa torche et marchait donc à tâtons.

La salle capitulaire était rectangulaire et possédait deux entrées : l'une sur le côté Sud et l'autre sur le côté Ouest, près de la sortie principale. Odilon choisit d'entrer par la porte Sud, plus à l'abri des regards indiscrets. Par prudence, il continua de longer le mur le long de l'hôtellerie et s'engagea le long du mur sud jusqu'à gagner l'entrée de la salle. Arrivé devant l'entrée, il attendit quelques instants. Le silence lui répondit. Il n'y avait personne, lui semblait-il.

-        Je suis peut-être en avance, se dit-il. Je vais attendre un moment, l'Abbé ne devrait plus tarder maintenant.

Mais, les minutes passaient et il n'y avait toujours aucun signe de l'Abbé. Soudain, Odilon entendit un bruit qui provenait du côté ouest de la salle ; il retint sa respiration.

-        C'est vous mon Père, chuchota-t-il ?

Mais il n'obtint aucune réponse. Il ne servait à rien qu'il s'avance pour vérifier par lui-même puisque, de toute façon, il faisait beaucoup trop noir pour qu'il puisse distinguer qui que ce soit. Il préféra donc attendre sans bouger à l'endroit convenu.

Cependant, cette attente durait depuis trop longtemps et le ciel commençait à s'éclaircir dangereusement, laissant apparaître les parois des murs de la salle où se trouvait Odilon. Il lui parut évident qu'il allait bientôt être trop tard et qu'attendre encore davantage risquait de faire échouer le plan du Père Abbé et de retarder son départ cette nuit même. Odilon sentait qu'il fallait qu'il parte sur le champ.

-       L'Abbé dort peut-être encore : la potion du frère Thibaud aura été trop forte, songea-t-il sans jamais envisager que l'Abbé ait pu être drogué.

Tout en prononçant ces mots, Odilon aperçut une lueur dans le grenier qui se trouvait en face au Sud-Est de la salle capitulaire. C'était comme si quelqu'un agitait une torche en direction de cette salle.

-       Qui cela peut-il être ? se demanda Odilon. Est-ce à lui qu'était destiné ce signal ? Si c'était le cas, que pouvait-il bien signifier ?

Un fait était en tout cas certain : il y avait bien quelqu'un sur la face ouest à l'endroit où il lui avait semblé entendre un bruit tout à l'heure.

-       Que faire ? Dois-je aller voir ce que c'est ? pensa Odilon.

Brutalement, la lueur s'éteignit et le silence se fit plus pesant. Odilon n'avait plus le temps d'aller se rendre compte si quelqu'un voulait le prévenir ou bien l'épiait. Ce qui comptait à présent, c'était de déguerpir au plus vite. Il ne se sentait plus en sécurité dans l'abbaye maintenant. Tant pis pour le Père Abbé, il n'avait aucun moyen de le prévenir, retourner sur ses pas était beaucoup trop risqué, Odilon espérait simplement qu'il se douterait qu'il s'en était allé comme convenu. Il n'envisagea pas que l'Abbé puisse supposer qu'il avait été enlevé.

Odilon était seul maintenant, seul pour affronter l'adversité, seul pour aller à la rencontre du danger, mais cela ne lui faisait pas peur. Il était prêt, prêt à faire face glorieusement et à sortir victorieux de cette histoire qu'il comptait bien éclaircir.

Suivant les conseils de l'Abbé, il entra à l'intérieur de la salle capitulaire par la porte Sud.

CHAPITRE VII

Le passage secret

Il faisait très noir dans la salle capitulaire. L'obscurité tombait sur les épaules d'Odilon comme un lourd voile noir. Il avait pris soin de prendre avec lui une torche, mais il n'osa pas l'allumer tout de suite de peur d'attirer l'attention.

À pas feutrés, tel un chat aux pas furtifs et silencieux, Odilon glissait plutôt qu'il ne marchait. Allant à l'aveuglette, les mains devant lui en guise de bouclier, il se dirigea vers le mur est comme indiqué par l'Abbé. Il prenait soin d'avancer très lentement pour éviter de heurter les grosses poutres qui parsemaient à égale distance la salle sur toute sa longueur. Il devait marcher à tâtons, même les rayons de la lune ne permettaient pas de se frayer un chemin dans un endroit aussi reculé, protégé qu'il était par d'épais murs de pierre.

Arrivé à l'endroit prévu, Odilon entreprit de tâter le mur du bout des doigts cherchant l'encoche qui devait ouvrir la porte secrète.

Peu à peu, sans qu'il y prenne garde, l'obscurité se mit à l'oppresser. Ses yeux n'arrivaient pas à s'habituer au noir. Il avait le sentiment constant d'être épié sans savoir par qui. Était-ce celui qui avait agité la torche tout à l'heure dans le grenier et qu'il avait surpris quelques minutes plus tôt ?

Il s'arrêta, le temps de reprendre son souffle. Le silence lui répondit comme en écho, un silence lourd, trop lourd pensa Odilon, beaucoup trop lourd pour être normal. Il était certain maintenant de déceler dans la profondeur de la nuit une respiration.

Il fallait donc faire vite, il ne lui restait peut-être plus beaucoup de temps. L'obscurité le protégeait, certes, mais pour combien de temps encore ? D'une minute à l'autre, quelqu'un pouvait entrer avec une torche, le surprendre et alors tout serait perdu ! D'autant plus qu'il ne pouvait pas savoir de quel côté le danger arriverait.

Il recommença à palper le mur.

-       Mais où peut bien se trouver cette encoche ? Où se cache-t-elle dans ce mur ?

Odilon se rappelait les indications de l'Abbé

-       « Une fois au pied du mur est, tu palperas jusqu'à rencontrer une encoche dans le mur ».

Voilà plusieurs minutes qu'il tâtait ce mur, mais il ne trouvait rien qui ressemblait à une encoche et le temps passait bien trop vite. Comme pour se rassurer, Odilon se réconforta intérieurement.

-       Calme-toi, se dit-il. Tu vas le trouver, ce n'est qu'une question de temps. Il faut que tu le trouves !

Une pensée lui traversa l'esprit : et si cette encoche était située à une hauteur que lui, Odilon ne pouvait pas atteindre ?

Il posa son sac à terre, s'en servit comme d'un marchepied en grimpant dessus. Il continua de palper le mur, mais entreprit de le faire avec méthode : il partit du coin situé le plus au nord en restant toujours à la même hauteur, ne descendant de son sac que pour le déplacer vers la droite.

Arrivé à mi-parcours, il s'arrêta brusquement : il venait d'entendre quelque chose ou quelqu'un qui se glissait vers lui ! Il en était sûr, c'était comme un cliquetis. À moins que sa main droite n'ait heurté quelque chose, une sorte de fente, de trou dans le mur, à l'intérieur de laquelle il sentit comme une petite bosse. Il appuya dessus, mais rien ne se passa, il pressa de toute la paume de sa main sur cette petite excroissance, rien encore. Il sentait son sac glisser sous ses pieds.

-       Arrghh...!!... Oh ! non !

Il ne fallait pas lâcher la marque maintenant sinon il lui faudrait tout recommencer ! En équilibre, sur la pointe des pieds, sur un sac instable qui ne demandait qu'à se dérober sous ses pieds et rouler sur lui-même, Odilon persévéra, à nouveau, mais toujours sans résultat. Il insistait, triturait le trou, mais rien ne se passait.

-       Que faire ? se demanda-t-il.

Il explora le mur un peu plus à droite à la recherche d'une autre encoche, tout en gardant sa main gauche appuyée sur l'encoche, mais il n'y avait bien que cette fente sur le mur. Il palpa à nouveau, sans résultat.

Il se passa un long moment avant qu'il eût l'idée d'enfoncer avec vigueur les doigts de sa main gauche dans l'encoche tout en effleurant le tour de la fente à l'aide de sa main droite. Il souhaitait ne pas trouver dans ce trou d'habitants indésirables, comme ces petites bêtes qui ont toujours la fâcheuse habitude de se glisser dans des endroits retors d'où on ne peut jamais les déloger.

- Hourra! Il ne put retenir sa joie et poussa une exclamation de plaisir.

Il avait entendu comme un frottement.

- Hum, se dit-il. Le Père Abbé a raison, le mécanisme d'ouverture est un peu rouillé.

Il recommença encore et encore jusqu'à ce que le mécanisme cède. Alors, il ne fallut pas longtemps pour qu'Odilon sente quelque chose bouger dans le mur. Il tendit la main jusqu'à l'ouverture : cette fois, il y était arrivé, la porte commençait à pivoter sur ses gonds, créant un vide dans le mur.

Il sauta lestement de son sac, attrapa celui-ci, prit une profonde inspiration pour évacuer la tension qui l'oppressait et tenta de se glisser au travers de l'ouverture, mais... il resta coincé, le passage n'étant pas assez grand pour le laisser passer.

Il poussa de toutes ses forces sur la porte pour tenter de gagner un peu d'espace, mais il ne parvint pas à faire bouger la lourde porte ne serait-ce que de quelques centimètres. Il fit, alors, un suprême effort, retint sa respiration, rentra son ventre et dans un élan se retrouva enfin de l'autre côté! Cependant, dans l'effort, le contenu de son sac, qui ne passait pas par la porte, se déversa sur le sol de la salle capitulaire. Odilon ramassa, comme il le put, les affaires qui étaient à sa portée et les empila de son côté, sans prêter attention — il faisait trop noir — à un morceau de tissu de sa cape qui resta accroché sur la porte.

À peine eut-il franchi le passage que la porte se referma sur elle-même.

Odilon se surprit à penser que, s'il lui fallait rebrousser chemin, il ne pourrait le faire, n'ayant aucune idée de la façon dont cette porte s'ouvrait de ce côté. Et d'ailleurs, il n'était même pas sûr que la porte puisse s'ouvrir une nouvelle fois, vu l'état de ses gongs.

- Espérons que le Père Abbé ne s'est pas trompé et que le souterrain est toujours praticable... parce que, si je dois revenir sur mes pas... Brrrr !

Il faisait très sombre dans le passage, mais il lui semblait qu'une lueur brillait à quelques mètres de distance. Il entreprit d'avancer prudemment quand il trébucha sur une marche.

- Cela à l'air d'être un escalier, se dit-il, tout en se mettant à quatre pattes pour palper les lieux.

En effet, il descendit une à une les hautes marches de pierre d'un escalier en colimaçon qui conduisait probablement, pensa Odilon, vers le chemin qui le mènerait à la sortie.

Odilon eut, soudain, l'impression désagréable qu'il se faisait manipuler et que son départ précipité n'avait qu'un seul but : le faire sortir, coûte que coûte, de l'abbaye afin de pouvoir le capturer, dehors, en toute impunité. Il lui parut évident que Raoul, n'avait jamais eu l'intention de le capturer dans l'enceinte de l'abbaye et qu'il avait cherché, par tous les moyens, à le pousser à emprunter ce souterrain. Cela expliquait cette impression qu'il avait ressentie d'être épié et peut-être était-ce la raison de l'absence de l'Abbé, cette nuit-là, à l'heure de leur rendez-vous. Il aurait voulu faire demi-tour, pour aller porter secours au Père Abbé qu'il craignait en danger, mais il se ravisa : de toute façon, il était trop tard maintenant pour changer ses plans et puisqu'on voulait qu'il sorte de l'abbaye et bien, lui, Odilon, ne faillirait pas.

Assis sur une des marches de l'escalier, il ne put s'empêcher de penser qu'il avait peut-être déjà un pied dans la tombe s'il s'avérait que ce souterrain ne débouchait nulle part et qu'il serait alors prisonnier de ses agresseurs !

Brusquement interrompu dans ses pensées, Odilon sentit quelque chose lui mordiller les pieds. Instinctivement, il approcha la main pour voir de quoi il s'agissait et fut alors mordu par un animal qu'il supposa être un rat. Il sursauta, mais le rat eut encore plus peur que lui, car il dévala l'escalier sans demander son reste.

-       Et bien lui au moins il sait où il va... du moins, il en a l'air ! murmura Odilon. Suivons-le, il me mènera sûrement quelque part.

Il entreprit alors de descendre les marches lorsqu'il aperçut, avec soulagement, une source de lumière qui éclairait les alentours et vers laquelle il se dirigea. Une torche était accrochée au mur.

-       Curieux, se dit-il, que, que, dans ce passage apparemment abandonné, je trouve une torche en train de brûler !

Il prit la torche et, s'aidant de sa lumière, il jeta un regard alentour. Il vit devant lui un escalier en colimaçon qui descendait on ne sait où.

Comme il n'avait pas le choix, il décida de l'emprunter et d'avancer vers l'inconnu. Il descendit, une marche après l'autre, prudemment, parce que les pierres étaient glissantes. Malheureusement, il fit un faux pas et roula jusqu'en bas de l'escalier sans réussir à freiner sa chute et sans laisser échapper sa torche ! Comme il était jeune et vigoureux, il se releva sans trop de contusions.

Mais ce n'est pas cet incident qui arrêterait Odilon qui s'apprêtait à poursuivre son chemin. Il vit alors qu'il se trouvait dans une sorte de vestibule carré où débouchaient plusieurs longs tunnels, sombres, dont il ne pouvait qu'entrevoir le commencement, sa torche ne lui permettant pas de voir au-delà de quelques mètres.

Il réfléchit quelques instants et se remémora à nouveau les conseils de l'Abbé.

- « Tu dois aller tout droit, toujours tout droit, sinon, tu risques de te perdre »

Odilon était certain que l'Abbé n'avait pas mentionné cette pièce intermédiaire qui, d'ailleurs, ne figurait pas sur son plan.

- Réfléchissons, se dit-il. Si je dois passer de l'autre côté de la rivière, en tenant compte du fait que l'escalier tourne sur la gauche, je me trouve donc en direction de l'Ouest. Ce qui signifie que, pour arriver à l'endroit où je dois me rendre, je dois continuer tout droit et donc suivre les conseils de l'Abbé.

Il décida donc qu'il fallait aller tout droit, et prendre le tunnel qui lui faisait face. Il respira profondément et s'y engouffra.

Il flottait dans l'air comme une odeur de moisi, preuve qu'il régnait ici une forte humidité. À peine avait-il fait quelques pas à l'intérieur du tunnel que quelque chose lui sauta à la tête, en émettant un cri aigu et lugubre. Odilon n'eut que le temps de se protéger la tête avec ses avant-bras : la chose passa au-dessus de lui.

-        Que pouvait est-ce bien être ?

Odilon n'avait eu que le temps d'entrevoir la forme qui ressemblait bien à... une chauve-souris !

-        Brrr... fit-il en réajustant son sac tout en continuant son chemin.

De temps en temps, Odilon sentait quelque chose passer le long de ses pieds qu'il repoussait d'un coup sec de la jambe : les rats étaient légion dans ce souterrain.

Sa progression était de plus en plus difficile. Il avait de plus en plus de mal à reprendre sa respiration, la flamme de sa torche vacillait dangereusement menaçant de s'éteindre chaque seconde, l'oxygène se faisait de plus en plus rare et empêchait la flamme de brûler normalement.

-        Pourvu que je ne me sois pas trompé de route, songea-t-il. Je n'aurais peut-être plus assez d'air pour faire demi-tour !

Au bout d'un quart d'heure de marche, qui lui parut une éternité, Odilon sortit du tunnel et se retrouva dans une vaste salle hexagonale : de chaque côté de l'hexagone partaient huit nouveaux tunnels.

- C'est un vrai labyrinthe, se dit Odilon. Je me demande bien où peuvent mener tous ces tunnels. Mais, je n'ai pas le temps de les inspecter tous et il s'agit maintenant de trouver le bon !

Il consulta son plan, mais à son grand dam celui-ci ne comportait nulle trace des huit couloirs qu'il avait devant les yeux : l'Abbé n'en avait tracé que trois ! Lequel devait-il prendre ?

Il s'aida de la carte sommairement dessinée par le Père Abbé. Quelque chose attira son attention sur sa gauche et il dirigea sa torche dans cette direction.

- Arrgh !!!

Odilon ne put réfréner un pas en arrière. Ce qu'il voyait le saisit d'horreur : un crâne gisait à terre, à côté de quelques ossements humains ! Ce squelette semblait avoir lui aussi tenté d'emprunter le souterrain avant lui, mais... il n'en était jamais sorti !

Odilon sentit un frisson lui parcourir le corps. Qu'allait-il advenir de lui ? Et si le même sort lui était réservé ? Tout cela n'avait rien d'engageant ! Il était seul au milieu d'un souterrain et il ne savait pas quelle route emprunter !
Il fit une pause et regarda, à nouveau, le plan de l'Abbé.

- Voyons, rappelle-toi ce que t'a dit l'Abbé. « Une fois dans le souterrain, tu dois aller toujours tout droit, toujours tout droit ». Si je suis ses indications, trois tunnels correspondent à la bonne direction.

Il inspecta l'entrée de chacun des trois couloirs. La flamme de sa torche vacilla de nouveau.

- Si je respecte ce que m'a dit l'Abbé, je dois prendre le tunnel le plus en face.

Odilon avança de quelques mètres et ses pieds clapotèrent dans de larges flaques d'eau. Il entendit des bruits étranges, comme des cris de... chauve-souris ! Ce couloir ne lui disait rien qui vaille. Il se mit à trembler de tous ses membres, bien qu'il essayât de se contrôler. Plus il s'engouffrait dans ce tunnel, plus ses pieds pataugeaient dans un épais mélange boueux et compact qui rendait sa marche difficile, voire impossible. Il sentit quelque chose lui grimper le long des épaules, il la tâta avec la paume de la main : il était couvert d'araignées monstrueuses, il en avait partout ! Terrorisé, il se secoua sans grand succès.

La sueur perlait sur son front, sa respiration devenait haletante : le manque d'oxygène conjugué à la peur l'empêchait de respirer profondément. Soudain, il fut assailli par une nuée de chauves-souris furieuses qu'un intrus ait osé s'introduire dans leur antre.

C'était plus qu'Odilon ne pouvait en supporter. Il poussa un cri d'effroi, s'accroupit pour se mettre à l'abri, mais ses pieds cette fois furent mordus par des rats. Puis, les araignées qu'il avait projetées contre les parois du souterrain prirent le relais. À bout de force et à quatre pattes, Odilon tenta de se frayer un chemin pour revenir sur ses pas. Dans sa hâte, il trébucha sur une pierre et lâcha sa torche qui tomba dans l'eau et s'éteignit brusquement.

Dans le noir complet, assailli de toutes parts, Odilon poussé par un instinct de survie, plus fort que tout le reste, réussit à rebrousser chemin, à se glisser hors du tunnel et à regagner la salle d'où il était venu.

Essoufflé, épuisé, trempé jusqu'aux os, il se blottit dans un coin pour reprendre ses esprits. Il n'avait plus de lumière et le chemin indiqué par l'Abbé était impraticable ! Il lui fallait maintenant avancer à tâtons et espérer que les autres tunnels ne lui réservent pas un comité d'accueil aussi peu agréable. Mais lequel choisir ? Il avançait maintenant vers l'inconnu n'ayant pas la moindre idée de l'endroit où l'autre tunnel aboutirait.

Après une courte pause, car il ne pouvait pas attendre trop longtemps sinon il ne pourrait plus repartir et l'idée de se retrouver à l'état de squelette ne le réjouissait pas du tout, il gagna à tâtons, n'ayant plus de torche, le tunnel le plus à droite des trois.

-        De toute façon, je n'ai pas le choix il faut bien que je sorte d'ici se dit-il.

Après quelques instants d'hésitation, rassemblant tout son courage, il opta pour ce dernier tunnel et s'y engagea courageusement.

Pendant ce temps, à l'air libre, quelque part au bord de la rivière, les hommes de Raoul avaient encerclé un bosquet. Si l'on y regardait de plus près, on s'apercevait que ce bosquet longeait la rivière, le Lô : il semblait donc bien s'agir du bosquet qui protégeait la sortie du passage secret qu'Odilon devait emprunter. La question qui se posait était de savoir comment Raoul et ses hommes connaissaient la sortie du passage secret alors que le Père François avait assuré à Odilon qu'il était le seul à le connaître ? Pourtant, les hommes de Raoul attendaient là en silence, tapis dans l'ombre, que quelqu'un apparaisse avec, pour ordre, de l'appréhender dès sa sortie.

La nuit était noire. L'hululement d'un hibou transperça le silence.

L'autre tunnel qu'Odilon avait emprunté était beaucoup plus engageant que le précédent. Plus sec, il semblait plus accueillant, moins effrayant, en tout cas. Sur sa route, Odilon ne croisa ni chauve-souris ni araignée, juste quelques rats qu'il sentait courir à ses côtés, mais qui semblaient encore plus terrorisés que lui !

Odilon, les mains posées sur les parois du couloir pour se guider plus facilement, marcha ainsi durant plus d'une heure avant qu'il ne discerne, à quelques pas de lui, un mince filet de lumière.

-        Hourra !! s'écria-t-il faisant résonner les parois du souterrain. Cette fois, j'y suis arrivé !

Il hâta le pas. Devant lui, apparut une grille qui semblait déboucher sur un bosquet. Les branches et les feuilles des arbustes de ce bosquet s'entrelaçaient à travers les barreaux de la grille ne laissant passer qu'une faible lumière provenant des rayons lunaires.

- Je suis sauvé ! s'écria Odilon en s'approchant de la porte qui n'avait certainement pas servi depuis si longtemps qu'il craignit que le mécanisme ne soit bloqué à l'instar de la lourde porte de la salle capitulaire.

Tel un prisonnier qui n'a pas vu le jour depuis bien longtemps, Odilon passa sa bouche au travers des barreaux, tentant d'aspirer une gorgée d'air frais. Il n'avait jamais été plus content de voir le ciel : le peu qu'il apercevait lui semblait plus beau qu'il ne l'avait jamais vu, comme jamais il n'avait su le regarder.

Il saisit de ses mains les barreaux de la grille, pour tenter de l'ouvrir, mais il n'y parvint pas tout de suite. Un lourd cadenas tenait solidement fermés les deux côtés du battant.

Odilon ne se démonta pas. S'il était parvenu jusque-là, ce n'était pas un cadenas qui le ferait échouer maintenant. D'ailleurs, la seule pensée de devoir rebrousser chemin lui fit froid dans le dos.

Il tâta le sol à la recherche d'un outil qui aurait pu l'aider à ouvrir le cadenas. Sa main heurta une pierre avec laquelle il tenta de faire céder le cadenas en frappant dessus, aussi fort qu'il le pouvait. Celui-ci, rouillé par les intempéries et les changements successifs de température au fil des saisons, ne devait pas être bien solide, et il se cassa, en effet, au bout du dixième coup.

Ce succès rasséréna Odilon. Son angoisse et sa peur se commuèrent en une excitation, identique à celle que l'on ressent lorsque l'on arrive, avec succès, aux termes d'une aventure après être parvenu à surpasser de dures épreuves.

Il posa la pierre et poussa de toutes ses forces sur les battants qui, malgré cette pression, restèrent bloqués.

Il songea que les barreaux devaient être coincés par les herbages qui s'entrelaçaient entre eux, formant un enchevêtrement de branches noueuses. Il commença par les enlever une par une, comme il pouvait, en passant ses mains entre les barreaux. Il réussit, ainsi, à dégager un battant qui, en s'ouvrant, fit tomber sur son visage des mottes de terre, tout en lui offrant, le spectacle de l'air libre.

Odilon respira à grandes bouffées cet air frais et sec qui lui parvenait enfin après de longues heures dans l'obscurité, l'humidité et l'air insalubre. Pourtant, malgré la joie qui l'étreignait de revoir ainsi le ciel, il sentit son estomac se nouer.

- Où cette sortie aboutissait-elle ? Le Père Abbé m'a bien parlé d'un bosquet, et il se trouve que cette sortie aboutit bien à un bosquet. Mais ce ne peut-être le même que celui dont le Père Abbé m'a parlé puisque je n'ai pas suivi le même chemin ? Si je considère le tunnel que j'ai emprunté, j'ai toujours suivi la direction du nord et je n'ai donc pas pu traverser la rivière qui se trouve vers l'Ouest. En conséquence, j'ai dû longer le Lô et si je ne me trompe pas, je dois me trouver un peu plus haut vers le nord de l'abbaye, tout à proximité du petit pont de bois qui traverse le Lô. Néanmoins, il convient de rester prudent, car si cette issue se trouve proche de l'enceinte de l'abbaye, il ne faudrait pas que j'attire l'attention des hommes qui font le gué tout autour.

Prudemment, Odilon passa la tête hors du passage et écouta quelques instants. Il n'entendit rien de particulier, tout semblait calme. Il se hissa dehors et aperçut le ciel étoilé. Il y était arrivé !

Il fut inquiet cependant parce qu'en s'ouvrant, la grille avait fait un énorme bruit et il entendait le froissement des feuilles des arbres aux alentours, ballottées par la petite brise qui soufflait et qui aurait très bien pu camoufler des bruits de pas furtifs.

Il s'extirpa du passage et retrouva, enfin, la terre ferme. Ce qui le frappa tout d'abord, c'est que le bosquet n'était pas aussi touffu qu'il s'attendait à le trouver. En fait, la porte était juste camouflée sous une plate-bande boueuse entourée de mauvaises herbes qui avaient poussé formant comme une protection. Il put confirmer que ces déductions étaient exactes : la rivière était bien sur sa gauche, ce qui voulait dire qu'il l'avait bien longée. Il entendit du bruit qui provenait justement du petit pont à proximité duquel il pensait être arrivé. Des bruits de sabots venaient jusqu'à lui. Il eut juste le temps de se coucher à terre et aperçut des chevaux lancés au galop qui semblaient justement venir d'un point situé de l'autre côté de la rivière qu'il ne pouvait discerner d'où il était.

- Se pourrait-il que ce soit la sortie de l'autre tunnel ? se demanda Odilon. Ce qui voudrait dire que Raoul et ses hommes l'attendaient bien pour l'accueillir à sa sortie ? Pourtant, d'après l'Abbé, personne ne connaissait l'entrée de ce passage ? Cela impliquait, donc, que quelqu'un l'avait dénoncé, mieux, que quelqu'un avait dû épier sa conversation avec l'Abbé, car il n'était pas question de soupçonner le Père François.

Odilon se rappela l'air soucieux qu'avait eu le Père Abbé avant qu'il ne lui dise adieu. Il fut terrifié à l'idée que l'Abbé soit peut-être en danger, confronté à un mystérieux inconnu qui faisait le jeu de Raoul, probablement, se dit-il, pour assouvir sa soif de puissance et de richesse. Mais qu'est-ce que, lui, Odilon, avait fait, à cet inconnu ? Il entretenait de bons rapports avec tous les moines de l'abbaye. Il ne comprenait pas. Il lui semblait qu'en quelques heures, il avait vieilli de dix ans, découvrant la fausseté et la bassesse de l'âme humaine.

Il se ressaisit, il aurait tout le temps, plus tard, de repenser à tout cela. Pour le moment, il lui fallait se rendre, au plus vite, au village chez Robert le maréchal-ferrant, comme il avait été convenu et il lui fallait se dépêcher avant que le jour se lève.

Il se releva, inspecta du regard les alentours, et marcha d'un pas décidé, en direction de la ville.

CHAPITRE VIII

Garin de Monbourg

Pendant ce temps, Raoul, ses hommes et leurs montures menées au grand galop arrivèrent au château. Les cavaliers franchirent le pont-levis et traversèrent le glacis ; le bruit des sabots de leurs chevaux fit trembler le sol.

À cette heure avancée de la nuit, tout le monde était endormi dans le château, seuls les soldats en faction sur le chemin de ronde et la tour du gué étaient encore éveillés.

Cependant, malgré l'heure tardive, quelqu'un n'était pas encore couché et une ombre apparut dans l'encadrement de la meurtrière au deuxième étage du donjon. Il s'agissait apparemment d'une femme, probablement réveillée par l'arrivée bruyante des chevaux, et qui devait se demander pour quelle raison des cavaliers venaient au château à une heure aussi incongrue. Qui venaient-ils voir ? Si c'était elle que l'on venait voir, Nicolette la ferait sûrement appeler et, par prudence, elle décida de se vêtir hâtivement et de descendre à leur rencontre.

Raoul et les hommes qui l'accompagnaient se dirigèrent directement vers le donjon où Hermeline de Beaufort, en l'absence de son époux, avait coutume de recevoir et de traiter les affaires courantes.

Pourtant, ce n'était pas Hermeline que ces hommes venaient voir, mais quelqu'un d'autre qui ne s'était pas encore montré. Malgré l'heure avancée de la nuit et compte tenu de la situation, ce mystérieux personnage était encore debout parce qu'il attendait que Raoul vienne lui faire son rapport. Tapi dans l'ombre, à l'abri des regards indiscrets, il avait, lui aussi, entendu le bruit des sabots des chevaux et, sortant de sa cachette, alla à la rencontre des cavaliers qui, après avoir mis pied à terre, se dirigèrent sans hésiter vers lui.

Raoul lui fit son rapport sur la journée qui venait de s'écouler et il termina en lui indiquant qu'il était sur le point de mettre la main sur Odilon.

- J'ai mis mes meilleurs hommes en faction à la sortie du passage secret poursuivit-il, il ne peut plus nous échapper maintenant. Je vous l'amènerai aussitôt que nous l'aurons capturé. Ce ne devrait être qu'une question de minutes maintenant.

Son interlocuteur était un petit homme pâle et maigre, aux cheveux bruns, dont l'habit ne rehaussait guère un extérieur fort ordinaire : il s'agissait de Garin de Monbourg, le fils de Thierry de Monbourg, celui-là même qui était venu habiter au château avec Hermeline et Bertille de Beaufort depuis qu'Odilon l'y avait ramené pendant sa maladie.

Garin en avait toujours voulu à son père, Thierry, de ne pas avoir su gérer son patrimoine aussi bien que Hugues. Avide de puissance et de richesses, il ne supportait pas sa situation qui le rendait dépendant du Comte de Beaufort qu'il haïssait et dont il enviait la fortune. Il comprit très vite le parti qu'il pouvait tirer de l'absence de Hugues et de son propre père.

Mais, il ne pouvait y arriver seul, il lui fallait trouver des hommes de main pour réaliser ses intentions peu louables. Il réussit à regrouper autour de lui tout ce qu'il y avait de plus vil et bas dans le Comté. Il avait armé ces hommes et en avait fait de véritables escouades, où se mêlaient cavaliers et piétons, capables de terroriser toute la population du Comté. Ils leur avaient donné un nom pour les rendre encore plus terrifiants : les Lupus !

Peu à peu, les besoins d'argent de Garin grandirent jusqu'à n'être plus assouvis d'autant plus que l'entretien des hommes qui le servaient lui coûtait cher. Aussi, échafauda-t-il, minutieusement, un plan machiavélique, qu'il avait pensé et repensé, dans les moindres détails, de façon à ne rien laisser au hasard pour le mener à bien.

Les intentions de Garin se décomposaient en trois volets : tout d'abord, grâce à l'aide des Lupus — qui en ces temps difficiles apparaissaient comme des troublions ou des pillards — il comptait bien asservir toute la population, spolier et terroriser les habitants, les ruiner au passage en augmentant, de façon considérable et totalement infondée, les taxes et revenus, jusqu'à accabler les paysans de dettes insurmontables, de manière à les asservir plus facilement. Ce sont ces Lupus, conduits par Garin, qui faisaient régner le désordre en l'absence d'un pouvoir royal assez fort pour s'imposer.

Garin se servait du pouvoir de Hugues de Beaufort pour son bénéfice propre, préférant chercher son enrichissement personnel plutôt que d'entretenir les terres du Comté. Ce qui l'intéressait, c'était le pouvoir, ce pouvoir qu'octroie l'argent et qui lui donnait l'illusion de sa puissance.

Garin savait très bien qu'il n'avait aucune chance d'accéder à la possession d'un domaine depuis que son père avait perdu le sien : il ne lui restait plus qu'à en conquérir un, à la pointe de l'épée, par la violence et par la terreur. Sous couvert de ses hommes de main, il terrorisait le Comté, surveillait de très près le travail des paysans, punissant sévèrement, par la torture ou la mort, ceux d'entre eux qui osaient se soulever contre lui. Il ne rechigna pas à revendiquer un droit qu'il s'octroya, mais ne possédait pas, avec les armes de ces « hommes aux couteaux », comme il se plaisait à les appeler. Il savait que ces hommes étaient considérés comme des démons qui faisaient régner la terreur sur les terres de Sire Hugues, et c'est ce qu'il voulait !

Le deuxième volet du plan de Garin était plus pervers encore. Il ne lui suffisait pas d'amasser des richesses volées, il en voulait plus, toujours plus. L'enjeu, c'était pour lui le château qu'il avait convoité depuis si longtemps et duquel il voulait se rendre maître. Il savait que les châteaux peuvent, parfois, être gagnés par ruse, mais loin de vouloir usurper ce pouvoir, Garin le voulait total et sans discussion et, pour cela, il lui fallait se rendre maître du bastion le plus imprenable du château : Bertille, l'héritière en titre derrière son frère, et la séduire, contre les intentions de sa parenté et même d'elle-même. Mais Garin n'avait pas de temps de faire sa cour, il lui fallait prendre Bertille de force, en faire son épouse, et ainsi accéder au pouvoir que lui donnerait sa nouvelle condition. Pour y arriver, il aurait préféré avoir le consentement de la famille, et, en l'occurrence, de la mère, seule présente actuellement au château. Mais, plus le temps passait, plus Garin restait persuadé qu'elle ne la lui donnerait pas, Hermeline n'écoutant Garin qu'avec dédain. Sa seule échappatoire était donc de faire prisonnier les habitants du château, de demander une rançon, pour la forme et pour s'enrichir encore davantage, et d'épouser Bertille, en la menaçant, pendant que sa famille serait à sa merci.

Enfin, le dernier maillon du plan, et non des moindres, était, bien entendu, de se débarrasser d'Odilon, héritier mâle vivant et de son père, Hugues, s'il revenait de la guerre, afin que le château revienne à Bertille et qu'il l'acquière ainsi que ses terres en dot.

Il était sûr de son fait, et comptait sur la providence pour l'aider à mener à bien ses noirs desseins. Ainsi enrichi, il redeviendrait le seigneur qu'il n'aurait jamais dû cesser d'être.

Garin commettait l'erreur de ceux qui gravissent trop rapidement l'échelle sociale et qui sont éblouis par leur soudaine élévation et leur brusque pouvoir : il était profondément convaincu qu'il était capable de traiter toutes sortes d'affaires, même celles auxquelles il ne comprenait rien. Ajouter à cela que quelques flatteurs l'avaient persuadé qu'il était intelligent et il était tellement infatué de sa personne que personne n'aurait pu lui faire croire le contraire.

Garin avait écouté avec attention le récit de Raoul. Tout son plan semblait se dérouler au-delà de ses espérances.

- Parfait, parfait ! dit-il l'œil goguenard. Ramenez-le-moi, vivant, vous ne le regretterez pas, croyez-moi, je ne suis pas un ingrat.

Raoul sourit et sortit.

Ces informations avaient ragaillardi Garin : se savoir bientôt, le maître à peu près absolu sur son fief le galvanisait. Il fallait maintenant se méfier d'Hermeline. Elle semblait soucieuse ces derniers temps, et il ne fallait pas éveiller ses soupçons, pas encore, tout au moins, c'était trop tôt. Il attendrait demain qu'Odilon soit là et irait ensuite régler, avec le Père Abbé, les derniers préparatifs concernant les festivités qu'il prévoyait pour son prochain mariage avec Bertille.

Il alla donc se coucher, le cœur tranquille, sans faire attention à l'ombre éplorée, transie de peur, pétrifiée, qui les avait rejoints et avait assisté, impuissante, à toute la scène.

CHAPITRE IX

Une mystérieuse rencontre

Après plusieurs heures de marche, Odilon était arrivé au sommet d'une petite colline où il aimait venir lorsqu'il était enfant..

Pour se rendre à la ville depuis l'abbaye, il avait choisi de la contourner en prenant un chemin plus à l'abri situé entre la forêt et le château.

Depuis ce poste d'observation privilégié, Odilon pouvait observer à loisir à la fois la ville et ses remparts qui se trouvaient en contrebas de la colline où il se trouvait et le château qu'il apercevait au loin vers le Nord et dont les contours lui apparaissaient voilés par la brume matinale.

Il avait marché tout droit depuis sa sortie du passage secret, découvrant peu à peu son chemin jusqu'à ce qu'il ait pu se repérer grâce à un gros chêne qu'il connaissait bien pour s'être souvent caché derrière lorsqu'il était enfant. Il aimait cet endroit : Il lui rappelait des souvenirs heureux. C'était un peu comme son jardin secret et souvent il venait là avec sa sœur Bertille lorsqu'ils se promenaient au hasard dans la prairie et que leurs jeux les poussaient à s'éloigner toujours davantage du château.

Il grimpa et s'assit sur une grosse pierre arrondie qui lui arrivait aux épaules et contempla le spectacle devant lui. De petites lumières scintillaient dans la nuit, mais tout semblait calme et tranquille. À cet endroit, Odilon se sentait en sécurité, il était dans son élément.

Le jour allait bientôt apparaître. Il trouva préférable d'attendre l'aube pour se rendre chez Robert, le maréchal-ferrant.

Il leva la tête et contempla le ciel : il était illuminé par des dizaines d'étoiles qui scintillaient de tous leurs feux. Il remarqua qu'une étoile était plus lumineuse que les autres. Ce spectacle le rendit heureux, dissipant son inquiétude, protégé qu'il était par la voûte céleste.

Un craquement retentit derrière lui. Il n'y prêta pas attention sur le moment trop occupé qu'il était à observer le ciel. Il pensa qu'il devait s'agir d'une chouette ou de quelques rongeurs de nuit. Et, il était comme subjugué par le spectacle magique qui s'offrait à ses yeux. Brusquement, il sentit une présence derrière lui. Cette impression lui fit froid dans le dos, au point qu'il n'osa pas tourner la tête ni bouger un membre, pétrifié par la crainte de ce qu'il découvrirait s'il se retournait. Il tenta, tout d'abord, de se persuader qu'il était seul, qu'il ne pouvait y avoir personne puisque lui seul connaissait cet endroit.

-      Et si l'on m'avait suivi, se dit-il. Si un homme de Raoul m'avait suivi jusque-là, attendant le meilleur moment pour agir et... peut-être même me tuer !

Cette pensée le terrorisa. Tous ses efforts seraient alors réduits à néant !

Il se rassura en se disant que, si c'était le cas, cet homme aurait attendu bien longtemps pour agir, qu'il aurait pu le faire plus tôt, ce n'étaient pas les occasions qui avaient manqué !

Et s'il ne s'agit pas d'un homme de la troupe de Raoul, de qui pouvait-il s'agir ? Un animal qui, tapi là dans l'ombre, attendait le meilleur moment pour le dévorer ? Un de ces loups-garous qui vivent dans la forêt à l'abri des regards indiscrets et dont on l'avait abreuvé durant son enfance ? Un bandit de grand chemin qui passait par là ? Ou bien quelque chose d'encore plus effrayant et dont il ne pouvait même pas avoir l'idée ?

La peur l'envahissait de plus en plus. Que fallait-il faire ? Ne pas bouger, prendre ses jambes à son cou et fuir le plus vite possible ou bien affronter le danger, quel qu'il soit ? Odilon préférait cette dernière solution, son éducation lui ayant appris à toujours affronter le danger et faire preuve de courage dans toutes les situations.

Avant qu'il n'ait pu faire un seul geste, il sentit le souffle d'une respiration juste derrière lui cette fois. Quelqu'un ou quelque chose venait de s'asseoir à ses côtés. Malgré l'obscurité il pouvait même discerner sa forme. Il ne savait que faire, il décida d'attendre, il verrait bien ainsi ce qui se passerait. Le laps de temps qui s'écoula alors lui sembla une éternité. Soudain une voix retentit clairement dans la nuit.

-        C'est beau n'est-ce pas ? On raconte qu'un jour, Héra, l'épouse de Zeus, en donnant le sein à l'enfant Hercule, a formé la Voie lactée en répandant le lait qu'il tétait.

Odilon avait-il bien entendu ? Se pouvait-il que quelqu'un ait parlé ? Il tourna la tête sur sa droite d'où venait la voix. Il sursauta. Celui qui avait parlé était un homme de petite corpulence, mince, et portant une longue barbe blanche qui lui tombait jusqu'au nombril. Il était vêtu d'une longue robe qui descendait jusqu'à ses pieds et sur laquelle étaient dessinées des étoiles blanches. Il était coiffé d'un chapeau triangulaire qui reprenait les motifs de la robe.

-       Qui êtes-vous ? osa timidement Odilon, mais les sons qui sortaient de sa bouche étaient presque inaudibles.

Le vieillard sourit

-       Qui sait ? répondit-il malicieusement.

Odilon ne se démonta pas et reposa sa question, mais cette fois avec plus de sûreté

-       Qui êtes-vous ? Un magicien ?
-       Un magicien ? répéta le vieil homme en souriant. Qu'est-ce qu'un magicien ?
-       Quelqu'un qui fait de la magie pardi, répliqua Odilon.
-       Le magicien n'est pas seulement un illusionniste qui fait des tours de passe-passe. Le magicien possède un savoir qui repose sur une observation précise, structurée et attentive de la nature et de ses phénomènes qu'il ne cherche pas à vouloir maîtriser.
-       Alors qui êtes-vous ? Vous êtes un sage ?
-       Qu'est-ce qu'un sage ?
-       Quelqu'un qui sait tout !
-       Pour les Grecs, la sagesse est à la fois connaissance et vertu. Au temps d'Homère, l'homme sage était celui qui maîtrisait plusieurs techniques. C'est pourquoi le philosophe est l'ami de la sagesse !

- Alors vous êtes un philosophe ?
- Je suis ta conscience, peut-être, ou bien ton ange gardien, à moins que je ne sois ton ombre, ou que je sois toi tout simplement, qui sait ?

Il s'interrompit et observa Odilon. Celui-ci était bien trop stupéfait pour pouvoir intervenir. Après un silence, le vieil homme ajouta.

- En tout cas, je suis ton ami !

Il se dégageait de cet homme une impression de paix, de sérénité. Odilon ne savait que dire. Après un long silence, il risqua pourtant un timide :

- Que voulez-vous ?
- Je veux ton bien, t'aider, te soutenir, t'encourager.
- Mais je n'ai pas besoin d'aide je vous assure ! s'indigna Odilon. Je vais très bien.

Le vieil homme ne répondit pas, il regardait le ciel imperturbablement.

- Qu'as-tu perdu que tu désires retrouver ?
- Comment ?
- Tu regardes les étoiles
- Et alors ?
- Désiderare et considerare viennent de sidus qui veut dire étoile en latin.
- Oui, je sais.
- Le mot désir vient du verbe desiderare qui signifie regretter une étoile disparue. Or, tu regardes les étoiles !

Odilon était stupéfait. Quel curieux personnage !

- C'est beau n'est-ce pas ? Vois-tu l'agencement des étoiles ? interrogea le vieil homme le regard rivé vers le ciel. Elles brillent de tous leurs feux ce soir, ne trouves-tu pas ?
- Oh oui ! J'aime bien regarder ainsi les étoiles la nuit, ça me détend. Avec ma sœur...

Odilon s'interrompit brusquement : que faisait-il ? Il n'allait pas se confier à cet homme qu'il ne connaissait pas et qui était bien étrange. Pourtant ce vieil homme lui paraissait bien inoffensif et ne semblait pas lui vouloir de mal, et au fond il fallait bien qu'il admette que cela lui manquait de parler à quelqu'un, de se confier à un ami. Il reprit donc :

- Mais d'où venez-vous ?
- Peut-être d'une étoile justement ? répondit calmement l'inconnu
- Cela ne peut pas être ! s'insurgea Odilon. On ne peut pas venir d'une étoile ! J'ai fait très attention tout à l'heure et je suis sûr que personne ne m'a suivi !

Il s'arrêta et reconsidérant la situation poursuivit :

- À moins que je ne vous aie pas vu ?
- Je viens d'arriver.

Odilon ne comprenait pas. Il devait rêver certainement et au fond, peu importait. Il était inquiet et la présence de cet homme le réconfortait. Tout se bousculait dans sa tête et il avait à résoudre des choses bien plus graves.

- Comme je te l'ai dit, je suis venu pour t'aider, reprit le vieil homme. Tu traverses une passe difficile, je me dois d'être à tes côtés au cas où tu aurais besoin de moi. Je serai toujours là.

Le vieil homme avait prononcé ces mots en regardant Odilon dans le fond des yeux. Celui-ci se sentit comme dénudé par ce regard, mais aussi un peu envoûté. Décidément, cet homme était bien étrange.

- Mais vous ne connaissez rien de moi !
- Tu t'appelles Odilon de Beaufort, tu as 16 ans. À l'âge de 7 ans, ton père Hugues de Beaufort t'a envoyé comme page dans le château du seigneur Bertrand de Tür dans le but de parfaire ton éducation en vue de devenir chevalier. Le départ de ton père pour la guerre a bouleversé ses plans. Par souci de sécurité, Hugues a préféré que tu rentres au domaine et t'as confié au Père Abbé que le roi a nommé ton tuteur. Ces derniers mois, tu es resté auprès de l'Abbé qui t'a enseigné le latin et il a cherché à t'élever spirituellement par l'étude des auteurs grecs et latins et par la lecture des livres anciens. Tu as étudié les sages grecs et les contemporains et tu connais les légendes antiques qui te passionnent.

Odilon était interloqué. Comment cela se pouvait-il ? Ce mystérieux personnage connaissait tout de lui alors que lui ne connaissait rien.

- C'est incroyable, s'exclama Odilon plein d'admiration, Mais comment faites-vous ?

Le vieil homme le regarda, sourit, mais ne répondit pas.

- Dites-moi au moins comment vous vous appelez ?

- Appelle-moi Maître Hann
- Maître Hann ?
- Les Hans sont un peuple apparu au IIème siècle avant JC dans la moyenne vallée du Fleuve Jaune.
- C'est de là que vous venez ?
- Pour l'heure, je reviens de Zhong Guo
- D'où ?

Le vieux sage sourit.

- Zhong Guo cela signifie « l'Empire du Milieu » en chinois. Cela remonte au temps où l'on croyait que l'empire était carré. La Chine se considérait comme le centre du monde, supérieure aux autres peuples périphériques relégués dans les angles.
Pour les hommes de l'antiquité, le ciel avait pour symbole, le cercle, et la terre, le carré. Ce cercle eut, très tôt, un rôle protecteur, magique, sacré : être dans le cercle signifiait, en quelque sorte, être dans la vie. »
- Mais comment ces hommes savaient-ils s'ils étaient dans le cercle ou hors du cercle ? demanda Odilon
- Ces hommes imaginaient que leur pays, que l'univers où ils vivaient, était plat, suspendu à une sorte de globe, qu'Atlas portait sur ses épaules, avec un ciel en haut et un ciel en bas.
C'est ainsi que pour eux, le jour et la nuit, ponctués par le rythme des astres, suivaient un mouvement circulaire qui allait de haut en bas et de bas en haut. Alors, à partir de la ligne formée par les points successifs où le soleil se levait et se couchait chaque jour, les hommes de l'Antiquité établirent les frontières précises de leur pays et de leur propre univers. Ils délimitèrent ainsi leur pays, leur monde, par des lignes droites et des angles, au-delà desquels se trouvaient le vide, le néant, le bout du monde. »

- Mais alors, si vous venez de l'Empire du Milieu, vous êtes chinois ?
- Ai-je dit cela ?
- Euh… non… mais alors d'où êtes-vous ?
- De partout et de nulle part.

Le mystère s'épaississait, mais Odilon n'insista pas, cela était inutile, de toute façon, le vieillard ne lui répondrait pas.

- Si vous savez tout reprit-il avec une pointe d'ironie marquée, vous devez savoir également que ma famille et moi sommes en grand danger.
- Je le sais répondit, laconiquement Maître Hann.
- Alors peut-être pourriez-vous m'aider ?
- Regarde la lune, dit en guise de réponse le vieil homme. Une légende Indoue raconte qu'un jour, la lune a osé se moquer de Gancha, le Dieu à tête d'éléphant. Celui-ci cassa alors une de ses défenses d'ivoire et la lança à la tête de la lune, réussissant à casser une partie de son visage rond. Puis, il la maudit et lui prédit que désormais, à certains moments de l'année, elle ne paraîtrait qu'avec un quartier de son visage et que les hommes ne pourraient voir son visage rond en entier que de temps en temps et pendant un court laps de temps.

Odilon était exaspéré. Il parlait de choses sérieuses et Maître Hann lui répondait en parlant des étoiles ! Il répondit malgré tout.

- Je regarde souvent le ciel. Mon père me disait qu'à force de regarder le ciel, j'aurais la tête dans les nuages et que je ne verrais plus la réalité quotidienne des choses.
- Il y a deux faces à une médaille : l'avers et le revers, dit le vieux sage en souriant.

-       Que voulez-vous dire ?

-       Connais-tu Thalès ?

-       Je crois que c'est un philosophe et un mathématicien qui vivait au VIIème siècle avant JC. Mais, quel rapport y a-t-il avec mon histoire ?

-       Thalès était comme toi, il aimait regarder les astres. Il possédait, d'ailleurs, de solides connaissances en astronomie. Un jour qu'il marchait dans la rue, les yeux rivés vers le ciel, il tomba dans un puits. Les gens se moquèrent de lui : ils disaient, comme te le dit ton père, que Thalès se préoccupait plus des étoiles que de ce qui se passe à ses pieds. Autrement dit, ils lui reprochaient de vivre en dehors de la réalité.

Un jour, Thalès en eut assez de toutes ces railleries. Il mit à profit ses connaissances en astronomie et prédit une abondante récolte d'olives. Il lui vint à l'idée que s'il arrivait à louer à bas prix tous les pressoirs à huile qu'il pourrait trouver, il lui serait facile de faire du profit au moment de la récolte en les sous-louant à un prix plus élevé. Grâce à cette astuce, Thalès devint riche en peu de temps et prouva ainsi, à qui voulait l'entendre, qu'il pouvait s'enrichir à son gré, quand il le voulait, simplement en se servant de ses connaissances. »

-       Il faudra que je me rappelle cette histoire pour la raconter à mon père… si j'en ai à nouveau l'occasion.

Le visage d'Odilon s'assombrit soudain. Il regarda le vieux sage. Cet homme lui inspirait confiance, il ne savait rien de lui, il ne le connaissait même pas, mais décidément sa présence l'apaisait. Il poursuivit.

-       Vous semblez connaître beaucoup de choses ?

-       Pas tant que ça. D'autres avant moi en savaient encore davantage. Connais-tu l'histoire du nain Tagète ?

\- Non, quelle est-elle ? demanda Odilon d'un air enjoué, tout excité à l'idée d'apprendre encore une nouvelle histoire.

\- Le nain Tagète est un ancien Étrusque, homme ou Dieu on ne sait pas, mais ce fut l'être le plus savant qui ait existé sur la terre. On dit même qu'il serait né de la terre elle-même. Il savait le sens caché des choses, la signification du vol des oiseaux, des éclairs, de la foudre et du tonnerre. Il savait même lire dans les astres.

\- Et comment savait-il toutes ces choses ? Je croyais qu'à force de travail, on pouvait accéder à la vraie connaissance ?

\- C'est vrai

\- Vous avez dû entendre parler du saumon de la connaissance qui donnerait la sagesse à ceux qui le mangeraient.

\- Et sais-tu comment ce saumon acquiert la sagesse ?

\- Non.

\- Le saumon de la connaissance s'appelle Fintan. Il évolue dans le puits de l'inspiration de Nechtan, source de toutes les connaissances, et que surplombe un noisetier. Fintan se régale de ces «noisettes de la connaissance» qui tombent dans le puits et qui sont succulentes : c'est ainsi qu'il acquiert la sagesse.

\- Ce saumon existe donc réellement ?

\- Ce n'est pas la question. Apprends à te poser les vraies questions. On ne voit trop souvent, hélas, que l'écorce des choses.

\- Vous voulez dire qu'on passe à côté de la vérité ?

\- Vois les choses telles qu'elles sont et non pas telles qu'elles t'apparaissent. Si tu ne fixes ton regard que sur l'arbre, tu ne verras plus la forêt !

\- Ce qui veut dire ?

\- Réfléchis ! intima Maître Hann.

\- C'est une devinette, j'adore les devinettes. Voyons, si je regarde mon chêne, par exemple, je ne vois que lui, ce qui est autour me paraît flou. De la même manière, si je fixe mon attention sur la forêt, mon chêne ne m'apparaît plus distinctement.

Il fit une pause.

- Continue, encouragea le vieux sage.
- Donc je ne peux pas voir les deux choses en même temps ! s'exclama Odilon tout content d'avoir trouvé, lui semblait-il, la solution de la devinette.
- Oui et alors ?
- Et alors quoi ?
- Que conclus-tu de tes déductions ?
- Moi qui croyais avoir trouvé…

Il réfléchit un long moment. Soudain, son visage s'illumina.

- Cela veut dire que je ne vois qu'une partie des choses !
- Bien, tu vois que tu y es arrivé tout seul. Ton esprit et ton corps sont en désordre et tu te laisses guider par tes émotions. Tu vois tout à travers le filtre de tes rêves et de tes illusions.
- Peut-être pourriez-vous me dire comment je dois m'y prendre pour me sortir de la situation dans laquelle je suis ? Je me sens un peu perdu je l'avoue, se risqua-t-il à demander.
- Regarde autour de toi. Observe. Sors de tes habitudes de pensée, répondit simplement Maître Hann.
- Et comment ? insista Odilon
- La mythologie raconte le Monde de façon symbolique et imagée. Les premiers philosophes, eux, cherchaient la vérité, au-delà : ils voulaient expliquer la réalité non plus à l'aide de la mythologie, mais de façon rationnelle.

- Pourtant ces premiers philosophes ont été bercés, au moins dans leur enfance, par ce contexte légendaire.

- Ils n'en ont eu que plus de mérite de chercher à s'en échapper ! Fait comme eux, prend du recul face à tes certitudes. Remets tout en question. Étonne-toi de tout !

- Avec ce qui m'arrive, j'ai de quoi faire et je n'ai aucun problème à m'étonner croyez-moi ! Mais par quoi commencer ?

- Par le début. Si tu ne trouves pas les réponses, c'est que tu ne te poses pas les bonnes questions ou bien qu'elles sont mal posées. Rappelle-toi : il n'y a pas de problème, il n'y a que des solutions !

- Et comment fait-on pour trouver les solutions ? Donnez-moi les clés, s'il vous plait ?

- Nous vivons dans un monde d'apparence, d'opinion sans fondement parce que nous sommes pris par nos préoccupations quotidiennes qui laissent peu de place à la réflexion. Quitte tes habitudes de penser ! Interroge-toi ! Libère ton esprit du carcan dans lequel tu le tiens enfermé ! Et souviens-toi : les difficultés sont faites pour être surmontées.

Odilon ne répondit rien. Il ne comprenait pas tout ce que lui disait le vieil homme, mais il sentait intuitivement qu'il pouvait lui faire confiance. Ce qu'il disait était sûrement vrai et s'il le lui disait c'est qu'il était capable de le comprendre. Peut-être, en effet, était-il trop perturbé pour le moment.

Maître Hann resta un instant silencieux puis ajouta :

- Il y a un temps pour tout. Réfléchis à ce que nous venons de dire. Remets de l'ordre dans ta tête. Tu dois trouver seul la solution et quand tu y verras clair, tu constateras que la situation à bien y regarder n'est pas si compliquée qu'elle n'y paraît. Pour le moment, il est temps que tu te rendes chez Robert. Tout ira mieux demain. Je reviendrai te voir.

\-   Puis-je vous appeler si j'ai besoin de vous, demanda Odilon soudain inquiet de se retrouver seul.

\-   Ne te fais aucun souci. Je saurai quand tu auras besoin de moi. Je ne te quitte pas. Regarde, une étoile filante !

Odilon détourna les yeux dans la direction indiquée par le vieux sage, mais quand il retourna la tête vers lui, le vieux sage avait disparu. Il scruta les alentours, mais il faisait bien trop noir pour discerner quoi que ce soit.

Tout ceci est bien étrange pensa-t-il. S'était-il endormi ? Était-ce un songe ? Qui était ce mystérieux personnage ? Peu importe au fond, il se sentait rasséréné et prêt à affronter des montagnes, reposé comme s'il avait dormi un long moment.

Il remarqua que le soleil s'était levé à l'horizon. Le jour commençait à poindre. Il fallait qu'il arrive chez Robert avant que le soleil ne soit trop haut dans le ciel pour ne pas attirer l'attention. Il était largement temps qu'il se remette en marche, cette rencontre l'avait, un peu, retardé.

Il attrapa son sac et dévala la petite colline en direction de la ville. À mi-chemin, il se retourna pour voir s'il était suivi, mais il ne vit personne. Son estomac le taraudait et lui rappela qu'il n'avait rien mangé depuis son départ de l'abbaye. La fatigue commençait à se faire sentir. Ce fut les yeux pleins de sommeil qu'Odilon se dirigea vers la maison de Robert.

CHAPITRE X

Hermeline et Bertille

Plusieurs longues minutes s'étaient écoulées avant qu'Hermeline de Beaufort ait pu reprendre ses esprits. Elle était restée seule, blottie dans le noir, assise sur une marche de l'escalier sans pouvoir ne bouger ni prononcer un seul mot.

Hermeline était coquette et très élégante et la longue chemise de nuit qu'elle portait ne lui ôtait rien de sa beauté. Mais Hermeline était aussi une femme de tête qui ne s'en laissait pas compter et savait lutter s'il le fallait.

Et ce qu'Hermeline venait d'entendre la terrorisait. Il est vrai qu'elle n'avait jamais aimé Garin qui lui avait toujours paru étrange. Elle le trouvait pervers et hypocrite et ne ressentait pour lui aucune sympathie. Mais, elle était loin de se douter qu'il irait jusqu'à vouloir la mort de son fils, Odilon !

Cela lui parut tout d'abord inconcevable. Elle se dit que la nuit aidant, elle avait dû être victime d'une hallucination, qu'elle avait fait un mauvais rêve et que, à son réveil, toutes craintes seraient dissipées. Cependant, seule et immobile dans l'obscurité, Hermeline avait dû se résoudre à admettre que la scène à laquelle elle avait assisté était bien réelle et que ce qu'elle avait surpris n'était rien d'autre qu'un complot ourdi par

Garin, dans le plus grand secret. Et ce complot, touchait, à la fois, ses deux enfants !

Elle chercha, à nouveau, à se rassurer en se disant qu'après tout elle n'avait pas assisté directement à la scène et que peut-être les mots qu'elle avait entendus avaient pu être déformés par l'épaisseur des cloisons et la solennité des lieux. Mais, elle eut beau chercher des explications, elle dut bien se résigner à accepter l'évidence : Garin fomentait quelque chose, en secret, à son insu et il était de son devoir, à elle, Hermeline, l'épouse de Hugues de Beaufort, de tenter de faire échouer le plan qui se tramait.

Ainsi, ce qu'elle pressentait depuis quelque temps sans en avoir la preuve venait d'éclater devant ses yeux ! Elle se rappela les évènements de ces derniers jours : les renforts de soldats — si on pouvait les appeler ainsi — qui venaient plus nombreux à l'intérieur et aux abords du château, la garde qui avait été renforcée devant la porte de sa chambre et de celle de sa fille, ses allées et venues qui étaient surveillées, au point qu'elle se sente épiée dans chacun de ses gestes. Déjà, lorsque le Frère Anselme était venu de l'abbaye l'autre jour, elle avait eu toutes les peines du monde à l'approcher et ne put, même pas, rester quelques secondes seule avec lui. Pourtant, que craindre d'un moine qui venait faire charité si ce n'est qu'elle lui transmette un message pour son fils — ce qu'elle avait réussi à faire en prenant de multiples précautions, en le glissant subrepticement dans la poche de la robe du moine.

-       Pourvu qu'il l'ait trouvé ! soupira-t-elle.

Elle avait dû prendre, toutes les précautions nécessaires pour ne pas éveiller l'attention des gardes en faction devant la porte de sa chambre et avait griffonné ces quelques lignes, la nuit précédant la venue du moine, dans son lit, cachée sous son drap.

- Pourvu que ce message soit parvenu au Père Abbé ! pensa-t-elle fiévreusement sinon Odilon sera perdu !

Ces hommes semblent prêts à tout pour arriver à leurs fins. Depuis quelque temps, il fallait bien le reconnaître, elle ne se sentait plus en sécurité. Garin lui avait fait croire que, s'il prenait toutes ces précautions, c'était pour les protéger elle et sa fille, des évènements qui se déroulaient dans la région. Il disait qu'ainsi il était plus à même d'assurer leur sécurité. Mais ce qu'il omettait de dire, et ce qu'Hermeline subodorait, c'était qu'il était à l'origine de ces forfaits !

Hermeline ne fut, d'ailleurs, pas surprise que Garin soit capable de tels actes. Elle l'avait jugé, il y a bien longtemps, sans que personne ne l'écoute. Mais, elle devait avouer que, jamais, il ne lui avait paru possible que Garin s'attaque à sa famille, jusqu'à ce qu'elle surprenne la conversation de cette nuit.

Désemparée, elle remonta dans sa chambre. Elle remarqua qu'il n'y avait aucun garde, dans le couloir, devant sa porte cette nuit, c'était d'ailleurs pourquoi elle avait pu descendre, sans encombre, en pleine nuit le grand escalier. Elle s'effondra sur son lit, la tête pleine de tumulte, cherchant en vain un échappatoire. Elle crut, soudain, entendre un bruit et sursauta.

- Qui est là ? demanda-t-elle la gorge serrée.
- C'est moi Maman, Bertille. Ce n'est que moi, ne t'inquiète pas.

-       Oh ma chérie ! Viens t'asseoir près de moi. Tu ne dors donc pas ?

Bertille sortit de l'ombre où elle était cachée, puis s'approcha du lit sur lequel sa mère était allongée. Bertille était plus mince et d'une plus petite stature que celle de son frère. Sa ressemblance avec sa mère était frappante au point que l'on croyait avoir devant les yeux une reproduction de la même œuvre d'art. Ses yeux bleus pétillants de malice, ses cheveux châtain clair et sa beauté n'avaient d'égal que son intelligence.

-       J'ai été réveillée par le bruit des chevaux dehors, et je t'ai entendue te lever. Comme cela m'intriguait, je t'ai suivie.

Hermeline sembla soudain mal à l'aise.

-       Jusqu'où m'as-tu suivie ma chérie ?
-       Jusqu'à ce que tu t'arrêtes répondit laconiquement Bertille.
-       Alors, tu... tu as... entendu, interrogea affolée Hermeline en regardant sa fille dans les yeux.

Si sa fille avait, elle aussi, surpris cette conversation, c'était pour Hermeline la confirmation qu'elle n'avait pas rêvée. Elle devait admettre qu'au fond d'elle-même, elle espérait encore s'être trompée. Elle sentit sa poitrine se serrer en entendant la réponse de Bertille.

-       J'ai entendu la même chose que toi Maman.

Cette phrase résonna comme un coup de tonnerre dans la tête d'Hermeline. Elle serra sa fille dans ses bras et se mit à pleurer, ce qui lui permit d'évacuer la tension qu'elle portait en elle depuis quelques heures. Elles restèrent, ainsi, dans les bras l'une de l'autre, pendant de longues minutes avant que Bertille ne rompît le silence.

-         Ne te fait aucun souci Maman, on ne laissera pas Garin agir comme il l'entend. Je ne veux pas l'épouser et je dois aider mon frère. Il faut qu'à notre tour nous mettions au point une contre-offensive. Mais, il nous faut nous dépêcher.
-         Mais que veux-tu que l'on fasse ? Moi aussi je veux faire quelque chose, mais nous sommes deux femmes. Que pouvons-nous faire contre des hommes armés et beaucoup plus forts que nous ?
-         Tu oublies qu'Aliénor et sa fille Adeline arrivent aujourd'hui. Je suis sure qu'elles nous aideront quand elles seront au courant de ce qui se trame. Et puis il y a Nicolette notre servante, qui nous a déjà bien aidées, et Laudine, celle d'Aliénor, tu sais comme elles sont amies et comme elles nous sont fidèles. Tu vois, nous sommes bien plus que deux !
-         Mais, ma chérie, te rends-tu compte que nous ne sommes toujours que des femmes ?
-         Et alors ! s'exclama Bertille. Quand je jouais avec mon frère, ne disais-tu pas que j'étais encore plus espiègle et casse-cou que lui ! Je ne vois pas la différence que cela fait que je sois sa sœur !

Hermeline sourit de la témérité de sa fille, elle ne craignait pas le danger, c'était tout le portrait de son père. En même temps ? Son attitude lui réchauffait le cœur et lui permettait de réagir.

-         Tu as raison, ma chérie, j'ai perdu la tête pendant quelques minutes. De toute façon, nous n'avons pas le choix. Nous n'allons pas rester ainsi, les bras ballants, à attendre le bon vouloir de Garin. Nous allons nous battre. Aliénor et sa fille

Adeline arrivent tout à l'heure en effet, et elles nous y aideront. D'ici là ? Il faut que nous ayons mis sur pied une tactique dont ton père pourrait être fier. Mettons-nous au travail dès maintenant.

Hermeline sauta lestement de son lit et entraîna sa fille avec elle près de sa table de chevet. Elle y prit une épingle à cheveux qu'elle exhiba fièrement.

-        Ceci, dit-elle, pourrait nous être fort utile !

CHAPITRE XI

Robert, le maréchal-ferrant

A mesure qu'il approchait de la ville, Odilon sentait sa poitrine se serrer. Une indicible peur l'oppressait. Qu'allait-il trouver dans la ville ? Serait-il plus en sécurité ici que dans l'abbaye ?

Tous les évènements qui s'étaient passés ces derniers jours se bousculaient dans sa tête. C'était un peu comme s'il était pris dans le filet incontrôlable d'une énorme vague à laquelle il ne pouvait pas échapper. Maître Hann avait raison, il lui fallait se reposer, prendre du recul, mais en aurait-il le temps ?

Les premiers rayons du soleil pointaient lorsqu'il aperçut les remparts de la ville. Il marqua un temps d'arrêt.

- Que faire ? se dit-il.

Il ne voulait pas se faire remarquer. Mais, compte tenu de l'heure matinale, il ne pouvait pas manquer d'attirer l'attention.

Il se rappela que, lorsqu'enfant, il venait en ville avec son père, il avait remarqué un endroit plus dégagé que les autres, plus à couvert. Le mur d'enceinte comportait, en effet, à cet endroit, une brèche : un morceau de mur s'étant effondré. Ce morceau de ruine n'avait jamais été réparé, car il n'y avait plus vraiment d'invasions à craindre. Cette ouverture serait, si elle existait encore, une aubaine pour Odilon : elle laissait béante une ouverture assez grande pour qu'Odilon, vu sa corpulence, puisse s'y glisser.

Plutôt que de passer par l'entrée principale, il trouva préférable d'utiliser ce passage pour contourner la ville.

D'un pas décidé, il se dirigea vers l'endroit où était située la brèche et constata, avec une grande joie, qu'elle existait toujours. Il s'y engouffra, mais, sans qu'il ne s'en aperçoive — à l'instar de ce qui lui était arrivé dans la salle capitulaire — il fit un petit accroc à son pantalon, laissant accrocher, sur le mur, un petit morceau de toile.

Il se trouvait maintenant à l'intérieur de la ville, ayant franchi le parapet. Celle-ci, déjà sortie de son sommeil, lui parut plus vivante que dans ses souvenirs. Malgré l'heure matinale, quelques artisans se rendaient à leur travail. Déjà, sur la route, il avait croisé quelques marchands ambulants qui se rendaient, comme lui, à la ville.

La ville du Comté de Beaufort se trouvait à mi-chemin entre l'abbaye et le château. C'était une modeste bourgade peuplée d'artisans, de marchands, de commerçants et d'agriculteurs. Malgré la vie difficile de ces citadins, ceux-ci ne manquaient jamais une occasion de faire la fête et les veillées du village étaient mémorables. Odilon se rappelait que, quand il n'y participait pas, il voyait, depuis le château, les lumières de la ville briller, dans ces moments-là, jusque tard dans la nuit.

Odilon avança prudemment en longeant les murs pour ne pas être vu. L'Abbé avait été formel.

-       « Quoi qu'il arrive, mon petit, il ne faut pas qu'on te voie ! »

Il continua ainsi sa progression, en se frayant un chemin parmi le dédale des rues et des maisons à colombages jusqu'au domicile de Robert, le maréchal-ferrant.

Il se souvenait de lui quand il venait à l'abbaye s'occuper des chevaux. C'était un homme grand et vigoureux qui lui avait parlé avec passion de son métier. Ce géant sympathique inspirait confiance. Il arriva devant la maison de Robert : il l'aurait reconnue entre mille en raison du fer à cheval qui était accroché au-dessus de la porte d'entrée. Robert avait indiqué ce détail à Odilon lorsqu'il l'avait invité à venir le voir. Et Odilon se rappelait avoir été intrigué par ce fer à cheval qu'il avait souvent aperçu lorsqu'il venait en ville accompagné de son père. Robert lui avait expliqué qu'il avait posé ce fer à cheval, comme emblème de son métier et en signe de porte-bonheur pour le protéger, lui et sa famille.

Odilon s'approcha sans bruit de la porte. Il inspecta les alentours et frappa. Il entendit du bruit à l'intérieur, comme si l'on déplaçait des meubles, puis un éclat de voix : quelqu'un venait. La porte s'ouvrit. Dans l'encadrement de celle-ci se trouvait Robert, les cheveux tout ébouriffés et la barbe hirsute.

-       Qui va là ? lança-t-il de sa voix de stentor, forte et grave.

Tout d'abord impressionné, Odilon fit un pas en arrière comme repoussé par la force des sons qui sortaient de la bouche du maréchal-ferrant, puis il se ressaisit.

-       C'est moi, dit-il, Odilon. Je viens de la part du Père Abbé.

- Oui bien sûr, Odilon ! Entre, mon petit, je ne t'avais pas reconnu.

Robert s'écarta pour lui laisser le passage et l'embrassa vigoureusement : Odilon sentit ses pieds décollés légèrement du sol !

Robert était un solide gaillard de taille largement au-dessus de la moyenne et fortement constitué. Ses traits, sans être fins, avaient de la distinction. Il y avait une certaine prestance dans sa démarche altière et une grande dignité dans son maintien. Cependant, malgré les exercices corporels auxquels il s'astreignait et auxquels son métier l'obligeait, ceux-ci ne semblaient pas être très efficaces pour combattre un certain embonpoint, fruit de son âge et de son goût, très prononcé, pour les plaisirs de la table.

- C'est gentil de venir me rendre une petite visite, mais tu es bien matinal !

Tout en parlant, Robert regardait Odilon avec attention.

- Mais, dis-moi, petit, tu as l'air bien fatigué. Tu dois avoir très faim ?
- Oh pour ça oui ! répondit Odilon qui n'avait pas eu le temps de grignoter quelque chose depuis bien longtemps et qui apprécia que quelqu'un pense à son estomac sans qu'il ait besoin de réclamer, ne serait-ce qu'un petit encas à de pauvres gens qui n'avaient, peut-être même pas assez pour eux-mêmes.

Il n'avait pu s'empêcher de humer, dès son arrivée, la bonne odeur de pain frais et de lait chaud qui se répandait dans toute la maison.

- Et bien ! Viens mon gars, nous allions justement passer à table. Tu vas partager notre repas.

Robert entraîna Odilon jusqu'à une immense table qui prenait presque toute la grandeur de la pièce. Autour de la table se trouvait déjà le reste de la famille de Robert : sa femme Eulalie, une forte femme à l'allure sympathique et ses deux enfants Alexis et Marie.

- Tu ne connais pas ma famille, dit Robert en présentant Odilon. Voilà ce que j'ai de plus précieux au monde.
- Bonjour dit Odilon, vraiment ravi de vous connaître.

Eulalie et ses enfants lui répondirent d'un sourire et d'un signe de tête amical.

- Assieds-toi confortablement et dépêche-toi d'attaquer, cela va refroidir.

Comme Odilon paraissait gêné, Robert enchaîna.

- Ne fais pas de chichis, on est en famille, régale-toi ! dit-il tout en se coupant un gros morceau de pain dans une miche posée à côté de lui.

Odilon attaqua, de bon cœur, le délicieux repas qui s'étalait sur la table.

- Tout bien considéré se dit-il, Robert me fait plutôt penser à un ogre avec sa large barbe noire et sa corpulence généreuse.

Après un instant de silence, Robert laissant Odilon manger tranquillement, il l'interrogea.

- Alors, dis-nous ce qui t'amène ici mon gars !

Odilon la bouche pleine répondit.

- Hum... En fait, c'est un peu long à raconter comme ça... enfin je veux dire en mangeant !
- Tu as raison, on ne fait pas bien deux choses en même temps. Rassasie-toi et nous parlerons après, acquiesça Robert en se jetant sur les mets que sa femme, les bras chargés de victuailles, venait d'apporter de la cuisine.

Odilon était conscient que ces gens partageaient, avec lui, leur repas de plusieurs jours. Aussi ne voulut-il pas abuser et mangea-t-il modérément, suffisamment cependant pour calmer sa faim.

Eulalie se rendit compte de sa gêne.

- N'aie pas peur de manger mon petit, lui dit-elle tendrement, je sais ce que c'est que la jeunesse, j'ai deux enfants continuellement affamés à ma table !

Odilon sourit. Eulalie était une belle femme de taille moyenne bien plus petite que son époux, mais tout aussi généreuse.

- Merci Madame, répondit Odilon qui accepta alors volontiers la tartine qu'elle lui présentait.

Odilon mit à profit les quelques minutes pendant lesquelles dura le repas, pour faire connaissance avec les deux enfants de Robert : Marie, la cadette, âgée de 7 ans dont les cheveux châtains, raides et coiffés en broussaille lui donnaient un air espiègle et Alexis, de 3 ans son aîné, maigre, aux cheveux bruns et courts qui mesurait déjà 30 cm de plus que son âge ce qui lui donnait une allure dégingandée !

Robert écourta le repas et interrogea à nouveau Odilon sur la raison de sa visite.

- Alors, raconte-moi ! Que me veut le Père Abbé ?

Odilon lui fit le récit le plus juste de la série d'évènements qui s'étaient produits, la veille au soir, sans omettre la crainte de sa mère et les conseils de l'Abbé. Il termina par ces mots.

- En fait, le Père Abbé m'envoie vers vous pour que vous m'aidiez.
- Hum... Tout cela ne me dit rien qui vaille, mais cela ne m'étonne qu'à moitié. Cela bouge beaucoup, ces temps-ci, du côté du château.
- C'est pour cela que le Père Abbé m'envoie vers vous poursuivit Odilon. Il espère que vous pourrez me cacher pendant quelque temps, jusqu'à ce que les choses se tassent.
- Pour sûr, petit, tu es ici chez toi, acquiesça Robert. Mais quant à attendre que les choses se tassent, je ne pense pas que cela soit la meilleure solution.
- Que voulez-vous dire ?
- Il se passe des choses très dangereuses qui nous dépassent tous. Les craintes de ta mère sont justifiées, mais elle est loin de se douter de l'ampleur du danger.
Ces Lupus nous terrorisent, ils apparaissent quand on ne les attend pas : n'importe où, n'importe quand. Ils violent nos femmes et nos enfants sans raison. Ils nous torturent pour qu'on leur indique les endroits où l'on cache nos maigres économies. Des économies, on ne peut pas en faire beaucoup, comment le pourrait-on ? Nous sommes pauvres, mais nous avons assez

pour ne manquer de rien et manger à notre faim. Nous ne nous plaignons pas.

Du temps où ton père administrait le domaine, avant son départ à la guerre, les choses étaient bien différentes : c'était un seigneur juste et à l'écoute de son peuple. Il nous comprenait. Bien souvent, il nous donnait des délais pour payer quand nous ne le pouvions pas, en avançant lui-même la somme. Certains ici n'ont pas oublié.

Mais depuis que ces Lupus se sont formés, ils nous raquettent, comment appeler cela autrement ? En nous demandant de payer de soi-distantes taxes, injustes, que nous ne pouvons, bien souvent, pas acquitter. Les rares d'entre nous qui osent résister sont maltraités ou torturés, même souvent tués ! Tu ne sais pas ce que c'est que d'entendre hurler à la mort les gens que l'on aime ! Alors ceux qui le peuvent payent et les autres... meurent. C'est notre lot quotidien et nous n'y pouvons rien.

- Mais n'avez-vous pas tenté de vous rebeller, de vous regrouper vous aussi contre cette tyrannie ?

- Bien sûr que si. En tant que prévôts de la ville, les habitants m'ont désigné pour aller parlementer avec les Lupus. Mais...

- Mais ?

- Cela s'est très mal passé. Nous étions partis à leur recherche et nous sommes tombés sur eux, peu de temps après notre sortie de la ville. Ils sont très forts, ils nous épient, ils connaissent toujours le moindre de nos mouvements.

Nous, ne voulions que parlementer... Ils se sont jetés sur nous qui n'avions pas d'arme. J'ai vu, de mes yeux, vu, mes amis tués sous mes yeux sans n'avoir rien fait de mal ! Moi, ils se sont mis à 10 pour me maîtriser, puis, ils m'ont ramené sur la place publique et m'ont pendu par les pieds, nu, pendant 3 jours et 3 nuits, pour faire un exemple, comme ils ont dit. Même ma femme n'a pas pu m'approcher, ils craignaient qu'elle tente de me secourir. Et chaque heure, ils me rouaient de coups de bâtons : ils frappaient de toutes leurs forces, à tour de rôle, et prenaient soin de jeter du sel sur mes blessures. Si j'en ai réchappé, ce n'est pas leur faute, c'est que ce n'était pas mon heure.

Depuis ce jour, les entrées de la ville sont surveillées jour et nuit, comme tu l'as peut être remarqué. Ils m'ont ôté ma charge de prévôt. Comme je suis l'homme le plus fort du village et que je les représentais, les autres habitants n'osent plus rien tenter. Alors, que puis-je faire tout seul ?

-       Heureusement que je ne suis pas passé par la porte principale ! dit Odilon

-       Heureusement en effet, sinon tu ne serais jamais arrivé jusque-là !

-       C'est affreux ce que vous me racontez là !

-       Affreux... mais exact. Et c'est encore loin de la vérité ! Mais je n'ai pas à me plaindre. Ce que j'ai subi n'est rien, à côté de ce que d'autres ont subi.

-       Comment cela ?

-       Les actes de violence de ces Lupus se comptent par milliers : ils font des prisonniers qu'ils utilisent comme monnaie d'échange, demandent des rançons hors de prix que nul ne peut payer. Ils coupent les mains de ceux qui sont restés fidèles à ton Père.

Ils ravagent les terres des paysans qui se retrouvent ruinés et n'ont plus rien : les hommes sont mal traités, ils brûlent leurs terres et leurs maisons. Ils tuent, également, les bêtes des paysans qu'ils ruinent afin de mieux affermir leur pouvoir. Faibles et sans argent, nous sommes à leur merci et ils le savent bien. Ainsi, si les paysans ne peuvent plus les payer, ils les tuent pour l'exemple.

Ils ont réussi à instaurer un régime de terreur. Vivre chaque jour qui passe dans l'angoisse, partir travailler le matin sans savoir si l'on rentrera le soir, ou si l'on reverra sa famille, c'est notre lot quotidien : on vit la peur au ventre et il ne se passe pas une journée sans que j'aie peur pour ma femme et mes enfants.

Odilon avait écouté, avec une grande attention, le discours de Robert.

- Mais si ces Lupus sont au courant de tout, comme vous le dites, alors ils doivent connaître ma présence chez vous ?
- Je n'en serais pas surpris, en effet !
- Mais alors, il faut que je parte tout de suite, je ne veux pas risquer votre vie ni celle de votre famille !

Robert partit d'un éclat de rire.

- Rassure-toi petit ! Pour le moment, ils t'attendent toujours à la sortie du souterrain. Cela nous laisse un peu de temps. Cependant, c'est vrai, qu'il faut que l'on s'organise. Tu ne peux pas rester ici très longtemps. Je n'ose penser à la réaction des soldats lorsqu'ils vont se rendre compte que tout ne se passe pas comme ils l'escomptaient. Cela m'amuse, bien un peu, je l'avoue : j'imagine leur tête ! Tu es le grain de sable qui enraye leur mécanique bien huilée Odilon et cela me ravit !

Odilon ne partageait pas du tout la joie de Robert. Il ne comprenait pas comment il pouvait trouver le moyen de rire en pareilles circonstances.

- Il faut que je me prépare à repartir au plus vite, j'en ai peur.

-    Rien ne presse, je t'ai dit. Eulalie, cria Robert en direction de sa femme, prépare une paillasse à cet enfant, qu'il puisse se reposer quelques heures, le temps pour nous de nous organiser. Donne-lui la couche d'Alexis, il n'en a pas besoin puisqu'il m'accompagne.

Puis il ajouta à l'attention d'Odilon

-    Il ne faut surtout pas que l'on change nos habitudes cela pourrait attirer les soupçons sur nous. On ne sait jamais. Il faut être très prudent : les murs ont des oreilles.
-    Vous croyez que nous sommes épiés ?
-    Bizarre, ne trouves-tu pas, que l'on connaisse si bien nos faits et gestes, je te l'ai dit ? Je crois qu'il y a des gens à eux dans la ville, mais ils sont assez sournois pour se cacher et observer sans être vus, c'est tellement plus facile de rester à couvert et tellement moins dangereux.

Il avait prononcé ces derniers mots avec un ton de mépris dans la voix.

-    Il faut te trouver une cachette plus sure. Moi, je n'en connais pas, mais toi, y-a-t-il un endroit où tu pourrais aller sans risquer que l'on te retrouve et surtout où tu penses que l'on n'irait pas te chercher ?

Odilon réfléchit quelques instants.

-    Bah, non, je n'en vois pas.
-    Ce peut-être un endroit secret, même une bonne cachette, tous les enfants en ont une ! ajouta Robert en faisant un clin d'œil à Odilon.

- Il y a bien un endroit, en effet, mais c'est très loin, dans la forêt.
- Hum... la forêt ! Cela ne me plait pas beaucoup, tu n'as rien d'autre ?
- Non, mais je serai en parfaite sécurité dans l'endroit auquel je pense : il n'y a que ma sœur et moi qui le connaissions.
- Cela fait déjà une personne de trop !
- Oh ! Ma sœur ? Que craignez-vous ? Elle est de mon côté ! s'insurgea Odilon
- Ce n'est pas elle que je crains, mais ce qu'on pourrait lui faire dire !
- Ma sœur ne parlera jamais, elle est très courageuse !
- Dans ce cas, ce n'est plus du courage, mais de la bêtise. Bon, enfin, va pour la forêt puisqu'il n'y a pas d'autres solutions.

La forêt faisait partie des terres de Hugues de Beaufort, constituant ainsi, avec les prés où paissent les troupeaux, les landes qui fournissent le gibier et les bois, une sorte de réserve qui s'ajoute aux champs qu'exploitent directement Hugues avec ses domestiques.

Le père d'Odilon, n'avait jamais voulu, en effet, que ce soient les paysans qui, plusieurs fois par an, soient contraints à faire ses corvées que Hugues considérait comme un travail forcé et comme une habitude d'un autre âge. Aussi préférait-il rétribuer ceux qui venaient, volontairement, l'aider à entretenir ses champs ou bien leur octroyait-il des remises de dettes sur les droits qu'ils lui devaient.

Cependant, depuis le départ de Hugues pour la guerre, Odilon n'était jamais retourné dans la forêt et il n'était pas au courant de tout ce qu'y s'y passait depuis quelque temps. Aussi, ne pensa-t-il pas à demander à Robert les raisons de sa réticence.

- Je vais tâcher de te trouver un cheval et une épée continua donc Robert. Je vais voir ce que je peux faire, en attendant repose-toi, tu en as bien besoin. Nous partirons ce soir après le repas.

- Je vous remercie Monsieur, vous êtes très gentil avec moi

- Ne m'appelle pas Monsieur ! Ce que je fais, je le fais en souvenir de ton père, un bon seigneur juste et courageux et aussi un peu, pour me venger de ces Lupus qui empoisonnent notre vie : au château, Garin a usurpé son pouvoir en s'arrogeant des droits qu'il n'a pas et cela ne me plait pas, nous ne voulons pas de cela sur nos terres ! Je n'abandonne pas, comme tu le vois, l'idée de me battre et je continuerai la lutte tant qu'il restera en moi un souffle de vie !

Odilon commençait à admirer cet homme plein de courage et d'ardeur. Mais ce qu'il venait de lui raconter accentuait son inquiétude. Il comprit soudain ce que le vieux sage avait voulu dire avec son arbre et la forêt : il lui avait bien dit qu'il ne voyait qu'une partie des choses. Il fallait qu'il réfléchisse au problème, dans son ensemble, sans se laisser détourner par ses problèmes personnels.

À ce qu'il comprenait, le comportement de Garin touchait bien plus de gens qu'il ne l'avait imaginé au départ et ses problèmes étaient beaucoup moins grâves que ceux que ces braves gens rencontraient. Il lui semblait également qu'en solutionnant son problème, il parviendrait peut-être à résoudre ceux de tous.

De toute façon, par hérédité, le château de son père lui revenait de droit : c'était d'ailleurs ce que Garin ne voulait pas. Odilon était maintenant bien décidé à prendre les choses en main : la tournure des évènements l'y poussait qu'il le veuille ou non, et il le voulait de toutes ses forces. Il s'allongea sur la paillasse préparée par Eulalie et sombra dans un sommeil sans rêves.

CHAPITRE XII

Une inconcevable découverte

Pendant ce temps, dans l'abbaye, l'émotion était à son comble. Le Père Abbé s'était éveillé à prime, en sursaut. En se levant, il avait tenté de rassembler ses idées : il avait dormi près de douze heures et avait manqué les offices de mâtine et de laude.

- Comment est-ce possible que j'ai dormi aussi longtemps ? se demanda-t-il.

Il se rendit tout d'abord à l'infirmerie pour voir Frère Thibaud et l'interroger sur le contenu du verre qu'il avait laissé sur sa table de chevet.

- Mais je n'ai laissé aucun verre mon Père lui répondit Frère Thibaud

L'Abbé fut surpris, mais n'en laissa rien paraître. Il poursuivit.

- Le remède que vous m'avez donné peut-il me faire dormir aussi longtemps ?
- Tout remède pour combattre la fièvre peut faire dormir, mais ce n'est pas le but principal de celui que je vous ai donné. Je pense que votre fièvre vous a fatigué et que vous aviez besoin de récupérer, voilà tout.

Pourtant l'Abbé n'était pas satisfait de la réponse de l'herboriste : si ce n'est lui qui lui a laissé ce verre, qui s'est arrangé pour le poser, bien en vue, sur la table ? Qui si ce n'est quelqu'un qui voulait être sûr qu'il le boive ? Mais qui cela pouvait-il bien être ? L'Abbé ne voyait personne au sein de l'abbaye capable de commettre un tel acte. Et de toute façon dans quel but ce mystérieux inconnu aurait-il agi ?

L'Abbé prit congé de Frère Thibaud puis partit à la recherche d'Odilon qu'il n'avait pas encore vu ce matin-là. Il se rendit, tout d'abord, à la bibliothèque, où il pensait pouvoir trouver Odilon.

Il arriva près de la bâtisse alors que Frère Pinabel en sortait.

-       Bonjour mon Père, lança Frère Pinabel joyeusement.
-       Bonjour Frère Pinabel, répondit le Père François avec un sourire. Odilon est-il dans la bibliothèque ?
-       Non mon Père, je ne l'ai pas vu ce matin. Je le cherchais aussi justement, mais il n'est pas là.
-       Vous ne l'avez pas vu ce matin, dites-vous ?
-       Non. D'habitude il vient de très bonne heure à la bibliothèque, il aime tant les livres, mais aujourd'hui il ne semble pas être venu
-       Était-il ce matin au réfectoire pour le déjeuner ?
-       Maintenant que vous me le dîtes, non, en effet, il n'y était pas ! Je pensais le trouver ici perdu dans la lecture d'un livre. Je voulais lui parler de notre petit cochonet qui vient de naître, il est si mignon, j'étais sûr que cela lui aurait fait plaisir d'avoir des nouvelles ou de venir le voir.
-       Merci Frère, ne vous retardez pas davantage, coupa l'Abbé de plus en plus inquiet.
-       Y'a pas de mal mon Père. Si vous voyez Odilon, dites-lui que je l'attends dans les soues, j'ai à faire là-bas.

-       Hein... Oui oui... je le lui dirai.

Puis il ajouta pour lui-même

-       Bizarre. Tout ceci est vraiment très étrange, il faut que j'en aie le cœur net.

Ce que l'Abbé craignait, c'était qu'Odilon ait suivi leur plan et soit parti, seul, la veille au soir. Odilon avait dû l'attendre puis, ne le voyant pas venir, avait décidé de s'en aller. Mais ce qui étonnait le Père Abbé, c'était qu'il n'était pas revenu le chercher.

-       S'il ne l'a pas fait, se dit-il, c'est peut-être que quelque chose l'en a empêché. Mais de quoi pouvait-il s'agir ?

L'Abbé se mit alors à rechercher Odilon dans toute l'abbaye : le réfectoire, les cuisines, le dortoir et même dans le grenier, mais il n'y avait aucune trace de lui.

Il était un peu après tierce et le Père Abbé avait fouillé l'abbaye de fond en comble sans aucun résultat. Au bout d'un moment, il demanda à Frère Pinabel et à Frère Guillaume de l'aider et ils se répartirent le travail. Mais, il fallait bien se rendre à l'évidence : Odilon avait bel et bien disparu !

L'inquiétude augmenta dans le cœur de l'Abbé. Il commençait à rassembler les morceaux épars du puzzle et ce qu'il discerna l'inquiéta.

-       Ainsi, songea-t-il, voilà l'explication du verre d'eau, posé ostensiblement sûr ma table de chevet. Celui qui me l'a laissé voulait être sûr que je n'accompagnerai pas Odilon cette nuit. Il ne voulait pas être dérangé. Mais qu'avait-il bien pu faire d'Odilon ?

L'Abbé retourna vers le dortoir pensant trouver les affaires d'Odilon, mais elles aussi, avaient disparu.

En sortant du dortoir, le cœur serré, il se dirigea vers la salle capitulaire. D'un pas décidé, il s'approcha de l'entrée du passage secret, prenant bien garde de ne pas être vu. Il ne remarqua tout d'abord rien d'intéressant, puis, soudain, alors qu'il allait rebrousser chemin, désespérant de trouver un indice quelconque qui lui donnerait la preuve qu'Odilon avait bien emprunté le passage secret, il remarqua un petit morceau de tissu coincé entre les interstices du mur. L'Abbé s'approcha et tenta de retirer ce morceau de tissu qu'il reconnut comme appartenant au sac de toile d'Odilon : il n'y parvint pas, ce morceau étant pris entre ce que l'Abbé supposa être la porte du passage secret et le mur.

-       Ainsi, la porte du passage a bien été ouverte, remarqua-t-il. Le système devait être un peu rouillé et Odilon a dû forcer pour faire passer son sac.

L'Abbé ressentit, alors, un vif soulagement : Odilon avait donc bien pu emprunter le passage secret. Cependant, si cette découverte confirmait sa déduction première, elle n'expliquait pas la raison pour laquelle Odilon avait quitté, si précipitamment, l'abbaye sans l'attendre : s'était-il passé quelque chose d'inattendu ? Mais qu'avait-il bien pu se passer à l'intérieur même de l'enceinte de l'abbaye ?

L'Abbé maudit ce verre, qui contenait sans doute un soporifique, de l'avoir empêché de remplir son rôle de tuteur. Une idée le turlupinait : il repensa à l'insistance des interrogations de Frère Aubin qui lui avait semblé pour le moins étrange sur le moment, mais qu'il n'avait pas jugé dangereuse. Il avait également en mémoire les évènements qui s'était passés ces dernières heures.

Perdu dans ses réflexions, il était arrivé à la porte de l'abbaye. Il questionna le Frère portier pour savoir si quelqu'un était sorti ce matin.

-       Juste Frère Aubin qui allait cueillir des herbes pour Frère Thibaud, personne d'autre lui répondit le Frère portier.
-       Frère Aubin ? Tiens, se dit-il, encore lui. Cependant, il fallait se méfier des conclusions hâtives : il était vrai que Frère Aubin aidait fréquemment l'herboriste en cueillant les herbes qui entraient dans la préparation des potions, mais...

Un bruit qui provenait de la rivière l'interrompit. Il s'avança. Il constata qu'il régnait une effervescence parmi les soldats, effervescence qui parut curieuse à l'Abbé à ce moment de la journée.

-       Ce doit être la relève de la garde pensa-t-il intrigué. On approche de midi et la plupart des soldats sont là depuis plus de dix-huit heures !

Cependant, une idée lui traversa soudain l'esprit et il voulut en avoir le cœur net : il lui fallait traverser la rivière jusqu'au petit bosquet où Odilon avait dû aboutir, à la sortie du passage secret.

Il continua donc sa route vers le Nord, pour emprunter le petit pont de bois qui traverse la rivière. Cependant, trouvant qu'il y avait beaucoup trop de soldats sur cette route et que le pont de bois n'était pas assez à couvert pour qu'il puisse l'emprunter sans se faire remarquer, il rebroussa chemin et opta pour longer le Lô, en descendant vers le sud. Il connaissait, en contrebas, un endroit dégagé, d'où il pourrait observer, sans être vu, ce bosquet. À cet endroit, il pourrait même s'il le voulait, traverser la rivière dont le lit était moins profond.

Une fois arrivé à l'endroit voulu, l'Abbé s'accroupit au bord de la rivière pour mieux observer les allées et venues des soldats. Pour se donner une contenance, il s'aspergea le visage d'eau pure, mais fut saisi par sa fraîcheur qui eut pourtant un effet bénéfique et lui éclaircit les idées : à peine avait-il mouillé son visage que tout lui parut soudain clair.

En relevant la tête, il aperçut un soldat tapi non loin du bosquet qui semblait faire le gué près de la sortie du souterrain. L'Abbé qui voulait en savoir davantage tenta de s'approcher sans éveiller l'attention, en descendant dans le lit de la rivière. Malgré sa forte fièvre et le contact de l'eau très froide, il s'avança le plus possible pour avoir un point de vue qui lui permettrait de voir ce qui se passait sur l'autre rive.

Ce qu'il vit ne fit que confirmer ses craintes : il n'y avait pas là un, mais dix soldats postés aux aguets tout autour du bosquet, prêts à bondir sur Odilon lorsqu'il sortirait du passage secret.

Sur le moment, pris de panique, l'Abbé sortit, en tremblant, de la rivière. Mais, il se ressaisit tout de suite : si les soldats étaient encore là à attendre Odilon, cela pourrait vouloir dire qu'Odilon n'était pas encore sorti du passage secret. Mais cela soulevait alors une autre question : où était en ce moment Odilon ? Avait-il trouvé le chemin dans le passage secret et attendait-il le moment propice prévu par leur plan pour en sortir ? Ou bien avait-il déjà quitté le souterrain et était-il à l'abri chez Robert ?

Si c'était le cas, il ne fallait pas qu'il y reste parce qu'il y était en grand danger, compte tenu de la scène qui se tramait devant ses yeux.

Il apparut clairement à l'Abbé qu'il devait prévenir, au plus vite, Robert et Odilon du danger qui les menaçait par sa faute : mais comment faire ? Il devait être, lui aussi, surveillé et ne pouvait donc pas se rendre en ville sans éveiller les soupçons ou pire sans qu'on le suive ce qui serait plus grave encore, car après avoir mis deux personnes dans un grand embarras, il serait aussi à l'origine de leur arrestation.

Cependant, il y avait aussi une troisième solution, et l'Abbé eut froid dans le dos en y songeant : Odilon était peut-être bloqué à l'intérieur du souterrain, ne sachant comment en sortir ? Sot qu'il était de ne pas avoir vérifié, par lui-même si ce passage était toujours praticable ! Il fallait donc qu'il emprunte, lui aussi, ce passage pour vérifier qu'Odilon n'était pas en danger à l'intérieur. Seulement, il ne pouvait le faire en plein jour, il lui fallait attendre le soir. Il referait alors, à son tour, le chemin qu'Odilon avait dû emprunter et se rendrait compte ainsi de ce qui s'était passé.

L'Abbé regagna l'abbaye. À mesure qu'il s'en approchait, il était de plus en plus certain que quelqu'un avait surpris la conversation qu'il avait eue avec Odilon : personne ne connaissait l'existence de ce passage secret, c'est d'ailleurs la raison pour laquelle il avait conseillé à Odilon de l'emprunter.

Mais il ne fallait pas éveiller les soupçons de Raoul et des soldats : l'Abbé se demandait combien de temps ils allaient attendre devant le bosquet avant de comprendre leur erreur ? Ce qu'il fallait, pour l'instant, c'était gagner du temps en faisant croire à ses poursuiveurs qu'Odilon était toujours dans l'abbaye, caché quelque part. Après tout, il avait bien réussi, une fois, à le tenir plusieurs heures à l'abri des regards, il pouvait bien renouveler l'expérience. Cela lui laisserait quelques heures pour agir et mettre un plan de secours sur pied.

Cela dit, il se dirigea vers le réfectoire.

CHAPITRE XIII

L'éclairetout

Odilon était allongé sur le lit. Dans cette position, il pouvait apercevoir un morceau de ciel bleu et, comme à son habitude, il admirait les nuages qui passaient à un rythme régulier devant ses yeux.

Il avait dormi un long moment, puis avait été réveillé par le tumulte de la rue : un brouhaha informe qui parvenait jusqu'à ses oreilles.

Il était seul dans la maison : Robert était parti travailler avec son fils Alexis et Eulalie était sortie faire des courses avec Marie. La solitude qui lui permettait de bien se reposer ne gênait pas Odilon : il était là, immobile, l'esprit vide regardant droit devant lui sans voir vraiment ce qu'il fixait.

-        Tu regardes encore le ciel, lui dit une voix familière derrière lui.

Odilon sursauta et se retourna.

-        Ah ! C'est vous Maître Hann. Oui cela me vide l'esprit.

Le vieux sage regarda le ciel à son tour.

-       Sitôt que l'homme a levé les yeux vers le ciel, il a voulu étudier les mystères qui l'entouraient : il s'est intéressé, aux phases de la lune, aux mouvements du soleil, à la disposition ou à l'éclat des étoiles.

-       Tout cela remonte à bien longtemps dit Odilon en soupirant.

-       À bien longtemps, en effet. À une très lointaine époque où les oiseaux emplissaient l'air de leurs chants, où les fleurs et les arbres commençaient à apparaître, où les arbustes coloraient le paysage.   Toute cette savane procurait leur nourriture à de nombreux animaux : les carnivores chassaient les herbivores. Ainsi allait la vie.

Beaucoup plus tard, les hommes n'étaient encore que des nomades, des chasseurs ou des cueilleurs et ils trouvaient dans la Nature de quoi assurer leur subsistance et cela leur suffisait. Seulement, peu à peu, les changements climatiques, les catastrophes naturelles, ont modifié le cours des choses, l'ordre de la nature. À la suite d'un brusque changement de climat, les gibiers ou les fruits dont ces hommes se nourrissaient disparurent peu à peu. Les températures extérieures devinrent anarchiques. Les hommes durent trouver refuge dans des grottes où ils se mirent à dessiner ces animaux qui leur manquaient tant et que leur estomac réclamait.

Ce jardin paradisiaque dans lequel ils vivaient, où tout se trouvait à portée de leurs mains, se changea brusquement en un milieu hostile où l'homme ne trouvait plus assez de nourriture pour se nourrir. Il lui fallait marcher de longues heures à la recherche de sa nourriture, ce qui le contraignait à s'éloigner de plus en plus loin de sa famille et de plus en plus longtemps. Il sombra alors dans une profonde détresse et se mit à croire à l'existence d'une force extérieure qu'il n'avait pas envisagée auparavant.

- C'est à partir de cette époque que l'homme a commencé à regarder le ciel ? interrompit Odilon

- On peut supposer que les êtres humains ont pris conscience du ciel en même temps qu'ils prirent conscience que leur nourriture ne se renouvellerait plus éternellement à leurs pieds.

Ils leur sembla alors que le ciel était la représentation physique de ce grand vide qui les saisissait, de cette faim qui les taraudait durant leurs longues marches à la recherche de nourriture. Et cette nourriture se trouvait si loin de leur point d'attache qu'ils n'avaient parfois pas le temps de la rapporter chez eux pour nourrir leurs familles.

C'est ainsi qu'ils prirent conscience brutalement de l'immensité insaisissable de la Nature — dont ils ignoraient l'existence auparavant — sans pouvoir ne la définir ni même la situer. Cela était nouveau pour eux qui ne voyaient comme limite que celle de l'horizon qui les entourait. Le ciel devint alors le miroir vivant, le protecteur de la terre.

- Mais comment réussirent-ils à s'en sortir ?

- Grâce à un peuple venu de la mer, il y a 6000 ans avant notre ère et que l'on appelle : Sumériens. Ils sont considérés comme les grands ancêtres et les sages qui ont surgi de la mer pour enseigner aux hommes les sciences et techniques qui sont à l'origine de la civilisation : l'irrigation, l'agriculture, le système de mesure, mais aussi les codes et les lois sociales, l'écriture et les arts.

- Sumériens ? Un peuple venu de la mer ? Mais n'est-ce pas Thalès, dont vous parliez lors de notre dernière rencontre, qui considérait l'eau comme étant l'élément primordial, « l'archè », à l'origine de toutes choses ?

- C'est exact. Thalès considérait l'eau comme étant l'essence de la création et la composante fondamentale de la Nature comme Anaximandre pensait que l'homme descendait du poisson. Mais n'oublie pas que les penseurs grecs furent sensibles aux discours des prêtres chaldéens qui, eux-mêmes, avaient côtoyé ces prêtres émigrés néobabyloniens qui étaient de brillants mathématiciens, astronomes, lettrés et historiens.

Ainsi, par exemple, Thalès avait appris de ces prêtres qu'il y avait une éclipse à peu près tous les quatre-vingt-dix ans : il réussit ainsi, après avoir fait ses calculs, à prédire à ses compatriotes la venue de ce phénomène avant qu'il se produise ! Cela le rendit célèbre dans sa patrie.

- N'est-ce pas cette éclipse qui arrêta la guerre entre les Perses et les Lydiens parce qu'ils ne connaissaient pas le phénomène qui se produisait et ne pouvait l'expliquer ?

Maitre Hann fit un signe de tête en signe d'acquiescement.

- Pour en revenir aux Sumériens, poursuivit-il, la légende dit qu'ils seraient les descendants des Apkallus les « gardiens des plans du ciel et de la terre » : l'un de ces Apkallus, Oannès, un être hybride mi-humain, mi-poisson, vit au fond des eaux la nuit et passe ses journées auprès des hommes auxquels il inculque son savoir.

L'un de ces savoirs transmis par Oannès est l'agriculture qui fut une véritable révolution culturelle pour l'être humain qui passa soudain de l'état de nomade, errant, cueillant ou chassant, au stade sédentaire. Cette sédentarisation lui permit de se protéger contre les brusques changements climatiques qui pouvaient compromettre la survie du groupe humain.

C'est pourquoi cela devint pour l'homme une nécessité vitale de rechercher les coïncidences entre les phénomènes cycliques célestes et terrestres. Ainsi les hommes devinrent météorologues : le ciel étant pour eux le miroir de la terre, ils conclurent qu'il suffisait de l'observer scrupuleusement pour reconnaître ces phénomènes. Ils enrichirent, peu à peu, leurs observations, puis se les communiquèrent de génération en génération, tout d'abord par transmission orale, puis, ensuite, par transmission écrite — les premières archives astronomiques ont été établies voici 4000 ans en Mésopotamie — de manière à réussir à prédire, de façon de plus en plus efficace, certains évènements afin d'anticiper aussi bien leurs effets positifs (comme par exemple prévoir la période des semailles) que leurs conséquences négatives (comme par exemple connaître la date de la saison des pluies). Ceci dans le but de préserver leur bien-être et la survie de leur communauté.

- C'est passionnant ! s'exclama Odilon.
- Connais-tu la légende Sumérienne de la création ?...Oh... mais cela serait peut-être trop long à te raconter ?

Le vieux sage regarda malicieusement Odilon. Celui-ci s'exclama :

- Oh non ! Je vous en prie ! Racontez-la moi !
- Bon, bon, si tu insistes... La légende Sumérienne raconte comment Innana, fille d'An, le Dieu du Ciel (c'est-à-dire de l'En haut) debout, appuyée contre un pommier va trouver Enki, le Dieu de la Terre (c'est-à-dire de l'En bas) qui est ravi de sa visite. Lors de cette visite, Innana rencontre le fils d'Enki, Dumuzi auquel elle s'unit.
- Et alors ?
- Ce mythe fut à l'origine d'une autre légende, celle d'Ishtar qui commence comme celle d'Innana. Dans cette légende Dumuzi s'appelle Gilgamesh et Inanna devient Ishtar, d'accord ?
- D'accord.
- Gilgamesh, contrairement à Dumuzi, repousse les avances d'Ishtar ce qui provoque la colère de la Déesse qui, pour

se venger, dépêche sur terre un taureau céleste, aux formes gigantesques, qu'elle a créé elle-même pour qu'il encorne Gilgamesh. Mais celui-ci est sauvé par son ami Enkidu qui périt finalement sous l'emprise de la magie d'Ishtar. Inconsolable après la perte de son ami, Gilgamesh jura de ne jamais mourir et entreprit sa quête de l'immortalité.

- Le taureau me fait penser au septième travail de la légende d'Hercule lorsque Hercule combat le taureau de Crète que Poséidon a créé !

Odilon resta pensif quelques instants, puis il ajouta :

- Pourquoi y a-t-il deux légendes ?
- Toutes les légendes s'imbriquent les unes dans les autres : la première ici étant à l'origine de la seconde. Ce qu'il faut savoir, c'est que les Grecs assimilèrent les sept astres connus à l'époque — c'est-à-dire le Soleil, la Lune, Mercure, Vénus, Mars, Jupiter et Saturne — aux sept Dieux de l'Olympe qui furent ainsi sacralisés par les Romains et même latinisés après la période d'hellénisation. Ainsi Zeus devient Jupiter, Mercure devient Hermès, Aphrodite devient Vénus... etc...

- Hercule, Héraclès poursuivit Odilon.
- Ishtar, dont nous venons de parler, est ainsi à la fois la déesse de l'amour et celle de la guerre pour les Babyloniens, les Assyriens, les Phéniciens. À ce titre, on lui confère des attributs divins comme la lionne, l'arc et les flèches et sa «ceinture d'étoiles».

Ce qui est intéressant, c'est que les attributs d'Ishtar se retrouvent chez d'autres divinités égyptiennes : la lionne sera attribuée à Sekhmet, l'arc et les flèches à Neith, l'arc et la ceinture d'étoiles se retrouveront chez Nout et Iris.

- Je vois ce que vous voulez dire !

- Cette ceinture d'étoiles d'Ishtar fut également assimilée à Zib, l'étoile du matin, astre présidant au désir amoureux.
- Mais je croyais que la déesse de l'amour était Vénus ?
- À l'instar d'Ishtar, Vénus sera, elle aussi, associée à un astre qui sera plus tard baptisé « l'Étoile du Berger ». Et la ceinture d'étoiles d'Ishtar donnera son nom au Zodiaque que l'on appellera : « la ceinture d'Ishtar ».
- C'est une très belle histoire.

Maître Hann fit une pause, puis reprit :

- N'oublie jamais, Odilon, la force de l'amour ! Tout est une question d'amour.
- Que voulez-vous dire ?
- Les Indous racontent que Brahma, le Dieu de la Création après avoir créé les eaux s'étendant à l'infini, s'enferma dans un immense œuf d'or, étincelant comme le soleil. L'œuf vogua sur les flots pendant 1000 années puis il se divisa en deux moitiés : en haut apparurent le ciel, le soleil, les planètes, en bas, la terre avec ses mers et ses montagnes et avec l'homme.
Une autre légende, grecque celle-là, raconte qu'Eros, le Dieu de l'Amour naquit en même temps que la terre et le ciel. La Nuit séduite par le Vent pondit un œuf considéré par les Grecs comme l'Œuf primordial qui surgit du chaos. En s'ouvrant pour donner naissance à Eros, il se cassa en deux moitiés : la première coquille formant le toit du Ciel, la seconde coquille la Terre.
- Et alors ?
- Cette légende porte en elle une signification : pour l'Amour un devient trois et trois engendre deux.
- Euh, vous pouvez expliquer ?
- Le Un, c'est l'œuf primordial qui devient trois puisque Eros, le Ciel et la Terre surgissent de l'œuf primordial. Et trois,

engendre deux en se brisant, formant le ciel et la terre ou, si tu préfères, ce que les Chinois appelleront le yin et le yang.

\-   Oui je comprends mieux. Ce sont les opposés en fait ?

\-   Vois-tu, tout est issu d'un même moule. À l'origine, tous les éléments de la vie d'aujourd'hui, aux formes multiples, sont tous issus d'un tronc commun et présentent de nombreuses analogies entre eux. L'idée de l'œuf, c'est l'idée que tout part de l'unité et que tout y reviendra nécessairement un jour.

\-   Mais Héraclite ne parle-t-il pas du conflit « père et roi de toute chose » ?

\-   Héraclite émit l'hypothèse, dès 350 avant JC, d'une rotation de la terre et non pas du ciel, mais personne ne le prit alors au sérieux. Bref, Héraclite parle de conflit, en mettant en évidence le choc des contraires — comme le jour et la nuit ou le bien et le mal. Mais, pour lui, ces éléments, bien qu'opposés, ont leur place dans l'univers. Ils ne sont pas antagonistes, bien au contraire, ils sont complémentaires. Sans eux le monde n'existerait pas. Que connaîtrais-tu de l'amour si tu ne côtoyais jamais la haine ? C'est elle qui te fait apprécier l'amour. La haine est nécessaire à la vie. Sans cette lutte des contraires, le monde ne pourrait s'édifier.

N'oublie pas qu'Empédocle, lui aussi, pensait que le cosmos était la conséquence d'un gigantesque drame : pour lui, tout ce qui existe dans l'univers serait le résultat de la combinaison de quatre éléments (feu, terre, air, eau) soumis à deux forces opposées qui existent dans la Nature : l'amour, qui rassemble, et la haine, qui divise.

\-   Ce que l'amour unit, la haine le désunit intervient Odilon. C'est vrai et cela s'applique tout à fait à moi !

\-   Pour parvenir à deux, c'est à dire au couple opposé du ciel et de la terre qui fait que ce monde est ce qu'il est, notre œuf primordial s'est brisé en deux parties : il faut donc envisager une cassure, une rupture pour que de l'œuf naisse Eros, l'amour. Et ce bouleversement c'est bien pour l'amour ou à cause de l'amour qu'il a lieu et que le ciel et la terre existent !

- Je comprends.
- C'est pourquoi il ne faut jamais négliger la force de l'amour ! N'oublie jamais qu'amour, émotion, motivation, mouvement ont tous la même étymologie latine : « movere » qui signifie en quelque sorte la force motrice.

Odilon ne répondit pas : il s'était endormi. Son petit visage souriant reposait sur son épaule.

- Et voilà hi hi hi, il s'est endormi !
- Quoi ? lança Maître Hann. Qui se permet...?
- C'est moi répondit une petite voix aiguë. C'est moi ! Hi hi hi cherche-moi ha ha ha, Tu ne me trouves pas ?

Le vieux sage leva la tête en direction de la voix, mais il ne parvint pas à distinguer une forme quelconque, avant qu'un petit point lumineux se mit à virevolter devant ses yeux.

- Et là ? Tu me vois mieux hi hi hi ?
- Fofu ?! Mais qu'est-ce que c'est que cet accoutrement ? Tu es... un lutin... pas un...
- Un esprit follet ! Oui Môsieur ! Je suis un lutin à métamorphose qui a pris l'apparence d'un esprit follet ! Bien non ? Je me sens tout léger, léger, léger... et disant cela il tournoyait sur lui-même puis se posa sur le front d'Odilon endormi. Tu vois, il s'est endormi !
- Il devait être fatigué, répondit le vieil homme agacé
- Fatigué ! Hi hi hi ! Fatigué ! À ça oui il est fatigué ! C'est toi qui le fatigues avec tes histoires. Non, mais franchement ! Fran... che.... ment ! Tu ne vois pas qu'il a des problèmes ce petit ?

- Bien sûr que si ! C'est pour cela que je suis là !
- Et que tu le saoules avec tes histoires. Bouh ! Oh la la, le pauvre enfant ! Tu ferais mieux de l'aider à se dépatouiller avec ses problèmes plutôt que de le saouler comme tu le fais.
- Mais je ne le saoule pas, je...
- Si Môsieur, tu le saoules !
- ... Je lui apprends la sagesse !
- Hi hi hi ! La sagesse ?! Tiens donc ! Et tu crois qu'il n'a que cela à faire en ce moment que d'écouter tes divagations sur l'origine du monde ou la vie dans les temps anciens ? C'est la vie d'aujourd'hui qui l'intéresse ce petit, la vie d'aujourd'hui, tu comprends ?
- La vie d'aujourd'hui n'est rien si l'on ne connaît pas le passé. Et tu es bien placé pour le savoir, quand tu étais mon élève...
- Ah oui, tiens parlons-en ! Ton Élève ! Qu'est-ce que tu me fatiguais avec tes histoires à dormir debout : et 1 devient 3 et 3 engendre 2. Ha ha ha ! Regarde plutôt comme je suis heureux moi, je vole. Oui Môsieur, je vole ! Regarde, regarde !

Et Fofu tournait et retournait sur lui-même.

- Il faudrait que je reprenne cette apparence. Youpla !
- Arrête ! ordonna Maître Hann. Tu vas finir par réveiller Odilon
- Oh oui ! C'est vrai ! Ce serait dommage surtout après la tisane de paroles que tu lui as fait ingurgiter, il a son saoul pour plusieurs heures ! Et il va bien dormir, le petit, dormir, dormir, dormir...

Il salua Maître Hann avec une de ses petites ailes et disparut par la fenêtre d'où il était venu en criant :

- Et jusqu'à te revoir mon cher !
- Oh que tu m'énerves. Tu vas voir, si je t'attrape !

Maître Hann fit claquer ses doigts et disparut laissant derrière lui une nuée de poudre enchantée.

CHAPITRE XIV

Aliénor et Adeline

Il régnait une grande effervescence au château à l'annonce de l'arrivée des invitées d'Hermeline de Beaufort.

Nicolette, la servante des Beaufort, avait œuvré toute la journée de la veille pour que tout soit préparé dans les moindres détails. Ainsi, ce matin-là, tout était prêt pour accueillir, comme il convenait, Aliénor de Beaufort et sa fille Adeline.

Aliénor et Adeline avaient quitté l'abbaye très tôt après un léger repas laissant aux moines, en dédommagement de l'hospitalité qu'ils leur avaient donnée, un don pour leur église.

Hermeline se réjouissait de voir arriver, en son château, la femme d'Olivier de Beaufort, le frère de son mari qu'elle aimait beaucoup malgré ses trop nombreuses escapades frivoles qui avaient, un temps, fait parler de lui dans la région : Olivier avait été doté par la nature d'un physique agréable et d'une certaine beauté dont il savait se prévaloir et dont il usait dans ses conquêtes amoureuses.

Aliénor et Hermeline s'entendaient à merveille et cette dernière se félicitait d'accueillir chez elle une alliée bien utile en ces temps troublés. Aliénor avait épousé Olivier de Beaufort alors que sa fille était âgée de deux ans. Son premier époux, Bernard de la Haume, était décédé alors qu'il tentait de prendre d'assaut le château du Seigneur Edouard de Crey auquel il voulait arracher le Comté. Bernard de la Haume comptait ainsi, relever le domaine d'Edouard de Crey du délabrement dans lequel celui-ci l'avait mis. Malheureusement, quelqu'un dans l'entourage de Bernard de la Haume avait prévenu Edouard de Crey des intentions belliqueuses du Comte de la Haume et celui-ci avait été pris dans une embuscade alors qu'il avançait vers le château.

À l'époque du Comte de la Haume, les seigneurs n'hésitaient pas à avoir recours aux armes pour régler leurs querelles internes. Ces nombreuses « guerres » privées se pratiquaient en signe de représailles légitimes. Les adversaires, tour à tour amis ou ennemis, selon ce qu'exigeait leur intérêt, partageaient les mêmes valeurs et étaient issus du même milieu.

Bernard de la Haume était allié à Edouard de Crey jusqu'à ce que celui-ci commette des actes excessifs, cherchant à annexer les territoires des Comtés voisins au sien pour agrandir son domaine. Le Comte de la Haume, qui risquait lui-même de voir un jour son domaine — situé non loin de celui de Crey — annexé par Edouard de Crey, se vit contraint de lâcher ce dernier et de lui demander justice sur les actes hors la loi qu'ils commettaient.

C'est alors que le Comte Philippe de Palvy entra en scène, servant, pendant un temps, de médiateur entre Edouard de Crey et Bernard de la Haume, en tentant d'apaiser le conflit naissant. Ayant échoué dans sa tentative de pacification, il fallut que le Comte de Palvy choisisse son camp lorsque Edouard de Crey le menaça d'envahir son domaine et de l'annexer au sien. C'est alors que la guerre fut déclenchée entre Edouard de Crey et Bernard de la Haume et que ce dernier fut tué dans l'affrontement.

C'est à l'occasion de ce conflit, qu'Hermeline et Aliénor firent connaissance. Hermeline était la fille du Comte Philippe de Palvy, voisin d'Edouard de Crey qui, après sa tentative échouée de négociation, prêta main-forte à Bernard de la Haume au cours du conflit qui devait s'ensuivre. Grâce à lui, les amis de Bernard de la Haume purent s'emparer du château.

Mais la victoire fut bien amère pour Aliénor qui restait seule pour élever sa fille d'un an. Le Comte Philippe de Palvy insista pour qu'Aliénor assure la gestion du domaine tant que sa fille ne serait pas en âge de le faire elle-même. Il présenta également Aliénor à Hermeline, qui avait à peu près le même âge qu'elle, pensant, avec justesse, que la fille d'Hermeline, Bertille, trouverait en Adeline, la fille d'Aliénor, une compagne de jeu, étant toutes deux de la même génération.

C'est ainsi qu'Aliénor avait fait la connaissance d'Olivier de Beaufort. Au début, Hermeline ne voyait pas d'un bon œil cette relation avec son beau-frère pensant qu'Olivier allait vivre avec Aliénor ce qu'il vivait avec les autres femmes : une aventure.

Mais, peu à peu, la relation entre Olivier et Aliénor devint de plus en plus sérieuse et, pour la première fois de sa vie, Olivier était tombé amoureux d'elle et il désirait fonder une famille avec elle. Il demanda à Aliénor de l'épouser. Celle-ci, considérant sa réputation, hésita un moment. Mais comme elle était attirée par Olivier, elle accepta, d'autant plus que celui-ci s'était engagé à adopter sa fille Adeline pour laquelle il avait de l'affection.

Le mariage fut d'ailleurs très heureux bien qu'Olivier ne pût avoir d'enfant avec Aliénor. Il considérait d'autant plus Adeline comme sa propre fille et l'avait élevée et l'aimait comme telle.

De son côté, Adeline aimait beaucoup son beau-père qu'elle appelait Papa. Cela réjouissait toute la famille et surtout Hermeline qui considérait Adeline comme sa propre nièce.

Olivier était allé vivre dans le château d'Aliénor jusqu'à ce qu'il parte à la guerre avec son frère Hugues.

Lorsque Aliénor et Adeline, apparurent à l'entrée du château, Hermeline de Beaufort et sa fille, Bertille, se précipitèrent pour les accueillir chaleureusement et elles se firent de longues accolades affectueuses.

Aliénor était une belle femme à l'épaisse chevelure, au cheveux châtain clair et au regard de braise.

-       Comme je suis heureuse de vous voir Aliénor, vous ne me semblez pas trop éprouvée par la fatigue du voyage ? remarqua Hermeline
-       Non, rassurez-vous. En fait, nous sommes parties hier et avons préféré faire une halte à l'abbaye dans la soirée pour nous reposer. Nous ne voulions pas arriver trop tard aujourd'hui. Mais j'avoue qu'il me tarde de m'allonger un moment. Les routes sont fatigantes bien que nous ne venions pas de loin et cet arrêt à l'abbaye n'a pas été aussi reposant que je l'espérais.

Le château d'Aliénor était situé dans un Comté voisin, mais les routes à cet endroit étaient très escarpées ce qui rendait le chemin long et fatiguant pour qui ne voyageait pas à cheval.

Il y avait plusieurs mois que les deux femmes ne s'étaient vues, leur dernière rencontre coïncidant avec le départ d'Hugues et d'Olivier pour la guerre. Il tardait à Hermeline de s'entretenir avec Aliénor. Celle-ci n'était pas encore au courant de ce qui se tramait au château.

Hermeline se tourna vers Adeline et l'embrassa affectueusement.

- Comme tu as changé ! s'exclama Hermeline. Tu as encore grandi ! Tu es devenue une bien belle jeune fille maintenant. Quand je pense que tu as le même âge que Bertille. C'est incroyable ce que les enfants changent à cet âge !

Adeline sourit, son visage rayonnait. C'était une belle jeune fille, aux cheveux blonds et aux yeux pairs dont le regard de velours ne laissait pas indifférents les hommes qui l'approchaient. D'un naturel assez timide, il émanait de sa personne un charme indéfinissable.

- Vous devez avoir des tas de choses à nous raconter. Allez vite faire un brin de toilette et prendre quelque repos. Nous nous verrons plus tard pour le souper, conclu Hermeline.

Hermeline accompagna elle-même ses invités à leur appartement et demanda à Nicolette d'aider Laudine la femme de chambre d'Aliénor à monter les bagages.

Les deux servantes, Laudine et Nicolette se connaissaient très bien pour avoir été élevées ensemble : Laudine était orpheline et Geoffroy, le père de Nicolette, l'avait recueillie alors qu'elle n'était âgée que de cinq ans et qu'elle avait été abandonnée au pied de l'église du village. Les parents de Laudine restant introuvable, Geoffroy avait décidé d'élever les deux enfants comme deux sœurs. La femme de Geoffroy, Mathilde, qui s'était attachée à Laudine, accepta avec un vif plaisir la décision de son époux.

Une grande complicité liait les deux jeunes filles et, lorsque Nicolette était entrée au service du Comte Hugues de Beaufort, il avait paru évident à son frère Olivier de Beaufort de prendre Laudine comme servante ce qui satisfaisait parfaitement Geoffroy qui garda pour la famille de Beaufort une grande reconnaissance.

Geoffroy était un modeste paysan qui travaillait sur les terres de Hugues et connaissait assez la famille des Beaufort, qu'il respectait, pour savoir que ses deux filles seraient bien traitées. Et ce fut bien le cas, ni Nicolette, ni Laudine n'étaient considérées par leur maîtresse respective comme de simples servantes, mais plutôt comme une fille supplémentaire qui leur rendait de menus services et en qui elles avaient toute confiance. Hermeline et Aliénor octroyaient à leurs servantes de grands moments de liberté et évitaient de leur confier des tâches trop dures pour elles. Les deux jeunes filles retournaient très souvent chez leurs parents avec qui elles partageaient leurs maigres ressources.

Quant à Bertille et Adeline, elles avaient fait de Laudine et Nicolette des compagnes de jeu et des confidentes, et les considéraient comme faisant partie de la famille.

La famille, à nouveau réunie, arrivait au pied du grand escalier, où elles se heurtèrent à Garin qui bloquait le passage.

-        Bonjour Mesdames ! lança-t-il d'un ton sec. Puis il ajouta à l'attention d'Hermeline avec un regard de reproche « Vous ne me présentez pas Madame » ?

-       Oh ! Mais bien sûr, fit celle-ci un peu décontenancée de voir ainsi apparaître Garin qu'elle toisa du regard. Je vous présente...

-       Garin de Monbourg coupa celui-ci. Je suis le fils de Thierry de Monbourg, un ami de la famille. C'est un plaisir pour moi de faire votre connaissance.

-       Garin ? Garin ?...Mais oui, Garin ! Je vous ai rencontré un jour que vous étiez venu rendre visite à Hugues avec votre Père, Thierry, fit remarquer Aliénor.

-       Je ne m'en souviens pas, trancha Garin.

-       Vous étiez tout jeune alors, vous ne deviez pas avoir plus de neuf ou dix ans. Il y a bien longtemps de cela, vous ne pouvez pas vous en souvenir...

-       Cela est sûr, je n'aurais jamais oublié un si joli regard acquiesça Garin en baisant la main d'Adeline qui se mit à rougir.

-       Vous aurez l'occasion de faire plus ample connaissance au cours du dîner de ce soir interrompit Hermeline qui ne voulait pas que cette conversation s'éternise et s'évertuait à empêcher tout contact prolongé entre Garin et ses invités avant de les avoir prévenues de l'attitude de Garin envers la famille de Beaufort, mais tout en veillant à ne pas éveiller les soupçons de Garin sur ses intentions.

Il ne fallait pas qu'Aliénor se crût en confiance avec Garin — qu'elle connaissait comme étant un ami de la famille — et échange avec lui des propos qui ne le regardaient pas. Hermeline et sa fille Bertille s'étaient mises d'accord la nuit dernière pour tout faire pour que Garin n'ait aucun contact rapproché avec Aliénor et Adeline en dehors de leur présence.

-       Qui sait de quoi serait capable un être aussi machiavélique ! s'était écriée Hermeline.

Cependant, elle ne pouvait empêcher Garin de côtoyer les gens qui fréquentaient le château d'autant plus qu'ils partageaient le même couvert. Le dîner du soir promettait d'être mouvementé !

Elle coupa net la conversation et dit en tirant Aliénor par le bras

- Je vous accompagne à votre chambre termina-t-elle, en tirant Aliénor par le bras.
- Mais laissez donc Madame, je vais leur servir de guide proposa aimablement Garin en tendant son bras à Aliénor pour monter l'escalier.

Hermeline les suivit avec sa fille et les deux servantes.

- Vous leur avez donné les chambres du fond, je présume Madame ? demanda Garin
- Oui absolument répondit Hermeline agacée par la galanterie feinte de Garin
- Comme vous avez de la chance Hermeline de côtoyer un si gentil garçon. Et si prévenant.

Hermeline ne répondit pas ce qui ne manqua pas d'étonner Aliénor. Arrivée devant la porte de leur chambre sa seule préoccupation était de se débarrasser de Garin afin de rester seule avec sa belle-sœur qu'elle voulait mettre en garde. Mais cela ne fut pas chose facile, Garin s'incrustait et Hermeline n'arrivait pas à trouver un moyen pour le décider à partir.

- Voici votre chambre Adeline, dit-elle en ouvrant la porte de la chambre. Comme vous pourrez le constater, elle est contiguë à celle de votre mère ainsi vous pourrez communiquer si vous le souhaitez. Puis elle ajouta en s'adressant à Laudine «Quant à vous Laudine, votre chambre est toujours la même, un peu plus loin, près de celle de Nicolette, comme vous en avez l'habitude. Allez, laissez-nous toutes les deux, vous devez avoir beaucoup de choses à vous raconter.

- Oh merci Madame ! firent en cœur les deux jeunes filles qui s'éloignèrent dans le couloir.

- Rendez-moi un service poursuivit Hermeline en s'adressant à Garin. Allez voir en cuisine s'ils n'ont pas besoin d'aide. Je vous y rejoins dans un instant.

Garin hésita et voyant qu'il ne pouvait pas faire autrement que d'obéir à Hermeline sans éveiller les soupçons d'Aliénor et sa fille, il les quitta et redescendit les escaliers.

Hermeline profita de l'occasion qui lui était donnée, poussa Aliénor dans sa chambre et bredouilla précipitamment :

- Aliénor. Je n'ai que peu de temps... On nous surveille... Odilon en danger... Vous méfiez de Garin... Ne rien dire... Je vous expliquerai...

Elle ne put terminer sa phrase, la voix de Garin résonnait déjà dans l'escalier.

- Madame, on vous demande en cuisine.
- Bien, j'arrive articula péniblement Hermeline.

Elle sortit de la chambre d'Aliénor en chuchotant.

- On en reparlera plus tard.

Puis, elle rejoignit Garin qui l'attendait en haut de l'escalier.

Aliénor resta perplexe à la porte de sa chambre regardant Hermeline s'éloigner. Sa fille, Adeline, vint la rejoindre.

- Que t'a-t-elle dit, Maman ? demanda Adeline. Je vous ai vues faire des messes basses.
- Je n'ai pas bien compris, elle m'a parlé d'un danger. Écoute ma chérie, dit-elle tout en entraînant Adeline dans sa chambre, ne t'approche pas trop de ce garçon.
- De qui ça ?
- Garin.
- Mais il est si gentil et si galant, ce n'est pas souvent que l'on me courtise et cela ne me déplait pas. Je ne suis plus une enfant ma mère ! s'insurgea Adeline.
- Je le sais ma chérie, et je suis aussi de ton avis, Garin a l'air vraiment charmant. Puis, elle ajouta après un instant de silence, je t'avoue qu'il y a une chose qui me tracasse.
- Laquelle Maman ?
- Je suis surprise de ne pas avoir vu Odilon.
- C'est exact, il aurait dû venir à notre rencontre, c'est toujours ainsi qu'il pratique : il nous escorte jusqu'au château à chacune de nos visites.
- Oui et Hermeline ne nous a même pas parlé de lui. Ne trouves-tu pas cela étrange ?
- C'est pourtant vrai ! Tu as raison Maman, il faut tirer cela au clair.
- Hermeline ne t'a-t-elle pas semblé préoccupée ?
- Peut-être...
- Attendons d'en savoir plus et soyons prudentes.
- Bien, mère je vous obéirai.
- Bien. En attendant, mettons de l'ordre dans nos bagages et allons faire un brin de toilette avant le repas.

Et elles entrèrent toutes deux dans leur chambre respective.

CHAPITRE XV

Où l'on parle des brigands de la forêt

Lorsque Robert regagna son logis un peu après none, il trouva Odilon en train d'aider sa femme à éplucher les légumes pour le repas du soir.

- Bonjour à tous ! lança-t-il généreusement à la cantonade. Et bien, je vois que tu t'es fait embrigader Odilon. Ma femme est terrible avec les invités ! dit-il à Odilon en lui lançant un clin d'œil complice.
- Oh ! Non, Monsieur... enfin je veux dire Robert, c'est moi qui lui ai proposé mon aide.
- Mais ne t'en fais pas petit, c'était une plaisanterie !

Robert revenait les bras chargés. Il avait repensé au fil de la journée à la conversation qu'il avait eue avec Odilon le matin même et il avait bien dû s'avouer qu'il était inquiet.

Il lui avait suffi de quelques minutes pour regrouper tout ce qui serait nécessaire à Odilon. Il sortit de sa ceinture une dague qu'il lui offrit.

- Cette dague me vient de mon père qui la tenait du sien, je crois. En tout cas, je ne m'en suis jamais séparée jusqu'à aujourd'hui. C'est pour toi, mon enfant. Tu risques, hélas, d'en avoir besoin dans un temps prochain. Elle te sera plus utile à toi qu'à moi. Fais-en bon usage !

-       Oh ! Merci, Monsieur, s'écria Odilon très touché.

Il admira la dague qu'il tourna et retourna dans ses mains.

-       Elle est magnifique ! J'en prendrai grand soin. Je vous le promets.

Il remit la dague dans son écrin et plaça le tout autour de sa taille. Ce cadeau lui donnait l'impression d'être fort et invulnérable.

-       Pour les chevaux je me suis arrangé aussi. Il n'y a pas de problème non plus. Seulement, il ne faut plus tarder maintenant. Il ne sert à rien de rester plus longtemps ici. J'ai fait une promenade dans la ville pour inspecter un peu les alentours. Il y a beaucoup trop de soldats, à mon goût, autour de la ville.
-       Vous pensez qu'ils sont à ma recherche ?
-       Je n'en sais rien. J'ai questionné des marchands arrivés ce matin, ils m'ont dit que les soldats étaient sur le qui-vive. J'ai compris qu'il était question de quelqu'un qu'il recherchait. Ils fouillent, paraît-il, tout ce qui entre et sort de la ville. Je n'ai pas pu en savoir davantage.
-       Vous croyez que nous rencontrerons des difficultés pour sortir de la ville ce soir ?
-       Il faudra agir avec ruse et dextérité, mais on en reparlera. Pour le moment, il faut se restaurer et prendre des forces pour la route. Venez ! À table les enfants cria-t-il à Marie et Alexis. Et toi aussi Eulalie, viens te joindre à nous et régalons-nous.

Ce que Robert n'avait pas dit à Odilon c'était qu'il sentait un danger se rapprocher sans qu'il puisse dire d'où il allait venir. Il craignait pour lui-même et surtout pour sa famille qui, pensait-il, courait un grand danger.

Il s'inquiétait également pour Odilon et son intention de se rendre en forêt. Les routes qui menaient à la forêt n'étaient pas sures du tout et des bruits couraient que la forêt était habitée par des brigands qui rançonnaient tous ceux qui passaient : marchands, commerçants et même les paysans s'ils s'aventuraient dans ces parages. Ces brigands demandaient à tous un droit de passage. On disait même que certains voyageurs qui étaient passés par la forêt n'en étaient jamais revenus ! Et les voyageurs qui avaient réussi à s'en sortir étaient arrivés en ville, terrorisés à tel point qu'ils n'osaient plus repartir. Même les Lupus, la bande à Raoul, ne s'y risquaient pas !

Il fallait une garde bien solide et un grand courage pour s'aventurer dans la forêt et Robert ne pouvait accompagner Odilon plus loin que l'orée de la forêt sans mettre sa famille en grand danger. En outre, la forêt était truffée de guet-apens, pièges, destinés à surprendre le visiteur imprudent et à l'arrêter dans son voyage : des trappes armées de faux, chausse-trappes ou encore fosses qui rendaient certains sentiers quasiment impraticables.

Il fallait maintenant que Robert parle de tout cela à Odilon. Il s'adressa tout d'abord à sa femme.

- Eulalie, n'oublie pas de préparer un sac de victuailles pour la route.
- Ne t'inquiète pas mon chéri, répondit-elle à Robert avec une grande douceur. Je l'ai déjà préparé et j'en ai fait un pour toi également. On ne sait jamais ce qui peut se passer.
- Tu es merveilleuse, ma chérie ! dit Robert en embrassant sa femme avec tendresse

Puis, il se retourna vers Odilon et se décida enfin à lui parler.

- Je suis content de voir que tu t'es bien reposé commença-t-il. Cependant, Odilon, je dois te mettre en garde contre quelque chose.
- Quoi donc ? demanda celui-ci interloqué.
- Il faut que tu saches que le périple que tu vas entreprendre peut-être très dangereux.
- Comment cela ?
- La forêt est... dangereuse, le sais-tu ?
- Non. J'y allais souvent, il y a quelques mois et il n'y avait aucun danger.

Odilon regarda Robert, puis ajouta.

- Pourquoi dites-vous cela ? Cela aurait-il changé ?
- Oui, pour le moins. On prétend qu'une bande de brigands, bien organisés, roués à la bataille et prêts à tout pour gagner leur pain, habitent la forêt.
- Que me dites-vous là ? s'exclama Odilon

Robert mit en garde Odilon sur les risques qui existaient dans la forêt. Il lui fit le récit de ses craintes, des rumeurs qui couraient sur le sujet et des pièges qui truffaient certains chemins, installés là par les brigands afin d'arrêter plus facilement les voyageurs. Robert fit ainsi part à Odilon de tout ce qui se racontait en ville depuis quelque temps.

Quand il eut fini, il termina par ces mots.

- Je me fais beaucoup de souci pour toi, tu sais.
- Oh ! Mais ne vous inquiétez pas ! s'exclama Odilon qui avait écouté avec la plus grande attention le récit de Robert. Je

sais me défendre. Et puis, je ne vois pas pourquoi ces brigands s'attaqueraient à moi, je ne leur ai rien fait. Et si je les croise, ils verront qu'ils ont à qui parler.

Il y avait beaucoup de bravades dans ses paroles. Odilon ne voulait pas passer pour un pleutre auprès de Robert. Mais au fond de lui, il sentit son estomac se nouer.

- Tu es plein d'ardeur et de courage mon petit ! apprécia Robert. Tu es bien jeune pourtant, c'est bien ! Mais il y a ces pièges qui m'inquiètent. Si tu arrives à éviter les brigands, tu pourras difficilement échapper aux pièges !
- Ah oui ! les pièges... Je tâcherai d'être prudent et de ne pas tomber dans une trappe armée de faux qui me couperait un membre, ni de me laisser enfermer dans des fosses si profondes desquelles je ne pourrais pas remonter.

Odilon chercha le regard de Robert qui avait baissé les yeux.

- Que puis-je faire d'autre ? demanda-t-il agacé. Je ne peux pas rester à l'abbaye et encore moins aller au château. Et maintenant, voilà que la ville devient dangereuse pour moi ! Non, à y bien réfléchir, il ne me reste que la forêt, croyez-moi.
- C'est vrai. De toute façon, tu as raison, nous n'avons pas le choix, en effet. Et je serai presque plus tranquille de te savoir dans la forêt, que tu sembles bien connaître, qu'aux mains de Raoul et de sa bande de Lupus.
- Et puis, vous savez, j'ai eu le temps de réfléchir. On ne peut pas laisser cette situation perdurer plus longtemps. Tous ces pillages, ces assassinats, ont assez duré. Il est temps que quelqu'un réagisse vigoureusement et puisque les circonstances s'y prêtent et m'y poussent, peut-être pourrai-je faire quelque chose ?

-       Si seulement cela pouvait être vrai ! Si cela se produit, tu peux compter sur moi petit, je t'y aiderai et il m'est à croire que je ne serai pas le seul à me rallier à tes côtés.

Odilon le remercia.

-       N'oubliez pas que je suis un apprenti chevalier. Un chevalier ne doit-il pas aider les faibles ? Je serais un bien piètre chevalier si je n'étais pas sensible à ce qui arrive aux habitants de ce Comté ? Et je ne me sentirais pas digne de mon père !

Robert ne dit rien, il regardait Odilon et au fond de lui, l'admirait. Peut-être même l'enviait-il de pouvoir agir et tenter enfin quelque chose contre les hommes du château.

Pour rompre le silence, Odilon ajouta comme pour se rassurer lui-même :

-       Et n'oubliez pas que je suis encore presque un enfant, vous le dîtes vous-même. Que voulez-vous que ces brigands fassent à un enfant ? Cela ne peut pas être pire que ce que Raoul me réserve ?

Robert resta silencieux ne sachant s'il devait dire ou non de ce qu'il savait. Puis, il se décida à parler.

-       On raconte que lorsqu'ils attrapent un enfant, soit ils le réduisent à l'esclavage...
-       Soit...?

Robert hésita encore un instant puis il jugea qu'Odilon devait le savoir.

-       soit... ils le font rôtir et le mangent !

Odilon sursauta

-       Mais cela n'est pas possible ? Ce sont des légendes !
-       La pitance est rare et cela fait leur festin dit on, termina Robert.
-       Si je comprends bien résuma Odilon, soit je risque de me faire manger par les brigands de la forêt, soit de me trouver prisonnier au château et peut-être estourbi par Garin et être condamné à attendre le sort qu'il nous aura réservé à moi et à ma famille ?

Robert dodelina de la tête.

-       Réjouissantes perspectives ! Et bien, quitte à risquer le pire, puisque, dans les deux cas la mort est au bout du chemin, je préfère la première solution au moins j'aurai tenté ma chance et on verra bien. Et puis, ils me plaisent bien vos brigands, et ils ne me font pas peur.

La détermination d'Odilon frappa Robert qui décida de ne pas surenchérir. Il en avait assez dit et se rendait compte que rien ne pourrait faire changer d'avis Odilon.

Cependant, ce soir-là, Odilon mangea goulûment pour calmer sa peur.

CHAPITRE XVI

Une terrible révélation

Après le dîner qui se passa sans encombre, Hermeline proposa une promenade dans le jardin du château que tout le monde accepta avec un vif plaisir.

Hermeline voulait trouver un endroit tranquille à l'abri des regards et des oreilles indiscrètes pour exposer à Aliénor le plan qu'elle avait mis sur pied la nuit précédente avec sa fille, Bertille. Pour cela, il fallait qu'elles se tiennent loin de Garin, car elle ne voulait pas, bien entendu, qu'il soit au courant des soupçons qu'elle nourrissait contre lui.

Lors de leur promenade, ce fut Aliénor qui rompit le silence la première.

- J'ai cru comprendre que tu voulais me parler ? demanda-t-elle à Hermeline
- Oui en effet. Je voulais te raconter ce qui se passe ici ces derniers temps et mes craintes au sujet d'Odilon.
- Que se passe-t-il ? interrogea Aliénor avec inquiétude.
- En fait, je ne sais pas vraiment. Je n'ai que des doutes. J'ai remarqué que depuis quelques jours les choses ont évolué très vite et je suis bien contente que vous soyez là, Adeline et moi, nous nous sentons moins seules.
- Mais parle, parle vite Hermeline tu m'inquiètes ! intima Aliénor

-       Comment as-tu trouvé Garin ?

-       Absolument charmant, je te l'ai dit et il te semble très dévoué, répondit Aliénor avec enthousiasme. Puis, elle se ravisa soudain : «Mais tu es bien énigmatique tout à coup! Que voulais-tu dire tout à l'heure en disant qu'il fallait se méfier de lui ?

-       Je n'en sais rien encore, un pressentiment tout au plus. Tout est encore si flou. Mais, lorsque je rassemble les pièces du puzzle, tout s'imbrique merveilleusement bien.

-       Dis-nous en plus ma tante ! supplia Adeline.

Hermeline accepta.

-       Depuis quelque temps, Garin a bien changé. Hugues avant de nous quitter a beaucoup insisté pour que je prenne soin du fils de son ami, et fidèle compagnon, Thierry de Monbourg, ce que j'ai fait. Son père partit à la guerre, Garin se retrouvait seul, je n'ai pas vu le mal tout de suite.

Garin était un jeune homme farouche très différent de son père, mais je trouvais, moi aussi, préférable qu'il sache que l'on était là s'il en avait besoin.

Un jour qu'il était malade, Odilon l'a ramené au château pour le faire soigner. C'est alors qu'il a changé. Progressivement, il est devenu de plus en plus ombrageux ; il passait de longues heures seules dans le jardin ou retiré dans sa chambre.

Bertille et moi avons tenté de comprendre ce qui se passait, mais cela ne faisait qu'augmenter son mutisme.

Un jour, Nicolette surprit une conversation entre Garin et un certain Raoul que je ne connaissais pas, mais qui rôdait depuis quelque temps dans la région. Or, son apparition dans notre vie coïncida avec le début des pillages qui ont lieu dans le comté.

Au cours de cette conversation, il était question de richesses, larcins, pillages, vols... et... de son prochain mariage avec Bertille.

- Quoi ?! sursauta Aliénor en regardant Adeline qui opina de la tête en signe de confirmation.

Hermeline ne se laissa pas troubler et poursuivit son récit.

- Quelques jours plus tard, Garin est venu me demander la main de Bertille. Je la lui ai refusée, vous vous en doutez. J'ajoutais même qu'il y avait de nombreuses jeunes filles à épouser dans le Comté. Il s'énerva alors et me dit qu'il se passerait de mon consentement.

Aliénor se tourna vers Bertille et lui demanda :

- Bertille, aimes-tu Garin ?
- Oh ! Bien sûr que non ! répondit celle-ci avec virulence.

Hermeline poursuivit.

- J'ai eu tôt fait de faire le rapprochement lorsque le comportement de Garin changea à notre égard. Les visites de Raoul se faisaient de plus en plus fréquentes et se rapprochaient jusqu'à devenir quotidiennes. Il en arrivait à venir plusieurs fois par jour en prenant soin de ne pas se faire remarquer. Mais une mère n'est-elle pas toujours aux aguets ? Surtout lorsqu'elle a des enfants aussi garnements que les miens !

Elle fit un sourire à Bertille à qui elle prit tendrement la main.

- Et une mère ne voit-elle pas ce que d'autres ignorent ? termina-t-elle

- Mais n'as-tu pas interdit à Garin que Raoul vienne lui rende visite à l'intérieur du château ? demanda Aliénor.

- Si fait bien sûr ! répondit Hermeline. Mais cela n'a fait qu'aggraver les choses !

- Comment cela ? interrogea Aliénor.

- Garin se mit à épier chacun de nos gestes, ne nous laissant peu à peu aucun espace de liberté. Nous ne pouvions nous rendre quelque part sans être affublées d'un garde du corps à la mine patibulaire qui était censé nous protéger. Je lui ai demandé de cesser ce petit jeu ou bien de quitter le château.

- Et qu'a-t-il fait alors ? questionna Adeline.

- Il posta des gardes devant nos portes !

- Oh ! s'exclamèrent en chœur Aliénor et sa fille.

- Tu as à nouveau protesté, je suppose ? demanda Aliénor

- Bien entendu ! Mais Garin a semblé choqué par mon attitude. Il craignait, m'a-t-il dit les bandes de brigands qui rôdaient dans la région et faisaient régner la terreur ! Il estimait qu'en l'absence de Hugues et eu égard à tous les bienfaits qu'il nous devait, il était l'homme de la famille et devait le remplacer.

- C'était plutôt gentil, non ? tenta Aliénor.

- Bien au contraire, interrompit Bertille nous ne pouvions plus rien faire sans l'en informer au préalable et recevoir son consentement.

- C'est pour cela qu'il est très dangereux, conclut Hermeline. Il s'adapte aux circonstances et je finis par m'en vouloir de penser du mal de lui !

- Mais n'avez-vous pas essayé de parler à Garin en lui disant que vous refusiez qu'il agisse ainsi ?

- Si fait, mais rien n'y a fait. Bien au contraire. Avoue-t-on que les persécutions que subissent les gens du Comté sont de notre propre fait ?

-       Moi-même, j'ai tenté de lui parler, intervient Bertille. Je lui ai expliqué calmement que je ne trouvais pas nécessaires toutes les précautions qu'il prenait autour de nous, que tout cela ne servait à rien, que nous n'étions pas en danger.

Il entra alors dans une violente colère qui me fit peur. Il me dit que personne ne lui dictait sa conduite, qu'il ne faisait que ce qu'il croyait bien et que l'on était des ingrates de ne pas s'en rendre compte.

Il m'avoua qu'il se trouvait bien chez nous, qu'il voulait m'épouser, qu'il avait des projets pour l'avenir et que rien ne l'empêcherait de les mener à bien. Il pensait qu'il fallait faire revenir Odilon au château qu'il y serait plus en sécurité qu'à l'abbaye et qu'il allait s'en charger tout de suite en envoyant des hommes le chercher.

Je ne voyais pas le rapport avec Odilon, mais la prudence m'a fait ne pas poser davantage de questions. Je préférai m'enfuir avant qu'il ne devienne violent. J'allai immédiatement rapporter ses propos à ma mère qui en fut stupéfaite et fort contrariée. Tout ceci était bien inquiétant.

Hermeline enchaîna :

-       C'en était trop. Cette fois Garin dépassait vraiment les bornes. Il se mêlait de ce qui ne le regardait pas. Odilon est mon fils et je l'élève comme je veux. Quant à Bertille elle se dérobait aux poursuites d'un prétendant aussi audacieux ! Et puis, ce n'est pas lui qui doit décider de ce qui est bon ou mauvais pour nous, ni nous dicter nos faits et gestes. J'étais de plus en plus perplexe concernant son attitude. Je trouvais très étrange ce soi-disant besoin de nous protéger à outrance et cela me semblait plutôt être un moyen de mieux nous surveiller. Je ne comprenais pas ses raisons. Cela m'intriguait assez pour que je décide de prévenir le Père Abbé des intentions de Garin et que je lui demande de veiller sur Odilon et de ne le confier à personne qui viendrait le chercher, car cela se ferait sans mon consentement. Je profitais de la venue d'un de ses moines pour lui faire passer un message. Mais, là encore, Garin m'épiait et je ne pus que glisser le mot que j'avais réussi à griffonner, la nuit dans ma chambre, dans la poche de l'habit du frère Anselme. Mais je ne sais pas s'il est parvenu au Père Abbé.

- Moi-même, reprit Bertille dès que Garin changea d'attitude, j'avais écrit à Odilon quelques mots pour lui demander de revenir. Mais, heureusement pour lui, il n'a pas dû prendre au sérieux mon appel au secours et c'est mieux ainsi.
- Hier, enfin, termina Hermeline, j'ai surpris une conversation en pleine nuit entre Garin et Raoul qui m'a confirmé qu'il ourdissait un complot d'envergure. Il ressortait de cette entrevue qu'Odilon devait quitter l'abbaye aux environs de minuit cette nuit-là et qu'il comptait bien lui mettre la main dessus dès sa sortie !
Je ne comprenais pas. Cela voulait-il dire que le Père Abbé n'avait pas reçu mon message ? Que pouvais-je faire pour le prévenir plus que je ne l'ai déjà fait ? Et depuis cette nuit je n'ai plus de nouvelles et je ne sais pas ce qu'Odilon est devenu. Est-il toujours à l'abbaye ou bien le père Abbé a-t-il pu le mettre en sécurité, je deviens folle à force d'y penser !

- C'est pour cela qu'Odilon n'est pas venu à notre rencontre comme il le fait habituellement lors de notre arrivée.

Hermeline acquiesça.

Aliénor et Adeline stupéfaites du récit d'Hermeline restèrent, un moment, silencieuses sans pouvoir articuler un son. Aliénor prit chaleureusement les mains d'Hermeline.

\- Ma pauvre amie ! Nous allons vous aider croyez le bien.
Après un court instant, Adeline intervint à son tour.

\- Vous dites qu'Odilon était à l'abbaye ?
\- Oui Hugues a préféré qu'il y reste pendant son absence.
J'aurais préféré qu'il loge chez nous au château, mais son père
ne voulait pas qu'Odilon prenne du retard dans son instruction :
puisqu'il ne pouvait rester page auprès de Bertrand de Tûr qui
l'accompagnait à la guerre et continuer à cultiver son corps
qu'au moins il cultive son esprit avait-il dit.
\- Il a dû beaucoup changer, poursuivit Adeline. Pouvez-
vous me le décrire ?

Ce fut Bertille qui répondit.

\- Oh ! C'est un garçon merveilleux ! Il est de taille moyenne,
plutôt mince et très musclé. Il a un visage rond avec de longues
boucles blondes qui lui tombent sur les oreilles. Et surtout, il a
le même air malicieux dans les yeux que Maman !

Tout le monde sourit à ces derniers mots, seule Adeline restait
sombre.

\- J'ai croisé un jeune homme qui correspond à ta
description hier à l'abbaye. Subrepticement ? nos regards se
sont un peu... croisés ! Il m'a semblé si beau ! Je n'oublierai
jamais ses yeux pétillants et son allure si... noble !
\- Mais tu ne m'en as rien dit ma chérie ! s'écria Aliénor
\- Oh ! Cela n'avait pas d'importance Maman, mais cela en
a maintenant.
\- Pourquoi ? interrogea à nouveau Aliénor.
\- Il se trouve que ce matin, peu avant notre départ,
l'abbaye était sens dessus dessous, car justement un jeune

garçon avait disparu. Je n'ai pas fait le rapprochement tout de suite, il n'y a que maintenant que j'y repense. Mais je suis certaine qu'Odilon et ce jeune homme ne sont qu'une seule et même personne.

- Oh mon dieu ! s'exclama Hermeline. Qu'ont-ils fait à mon petit !

- Cela voudrait dire qu'Odilon a déjà quitté l'abbaye, précisa Bertille

- À moins qu'il n'y soit toujours, compléta Adeline. Souviens-toi maman lorsque l'on est sorti de l'abbaye, nous avons été fouillées comme lors de notre arrivée.

- C'est exact ! acquiesça Aliénor. J'ai trouvé d'ailleurs cette pratique plutôt choquante.

- Et bien cela veut dire qu'Odilon n'était pas encore aux mains des soldats : ils ne nous auraient pas fouillées s'ils l'avaient déjà attrapé.

- C'est juste, s'écria Hermeline réconfortée, sauf s'il voulait donner le change.

- Je ne crois pas Garin ou Raoul assez malin pour penser à donner le change Maman, intervint Bertille. J'opterais plutôt pour la version d'Adeline : Odilon avait disparu, mais n'était pas tombé entre leurs mains. Cela soulève deux hypothèses.

- Lesquelles ? demanda Aliénor.

- Et bien soit le Père Abbé a reçu le message de Maman et a pu cacher Odilon à l'abri des regards indiscrets...

- Soit ? demanda Hermeline la voix tremblante.

- Soit il se trouve quelque part hors de l'abbaye.

- Il ne peut pas être sorti de l'abbaye sans avoir été pris, trancha Adeline. Tu ne peux pas savoir le nombre de soldats qui faisaient le gué tout autour. Cela m'a beaucoup impressionnée. Odilon ne peut pas être passé sans être vu : c'est impossible !

- Alors, il a peut-être été enlevé ! s'écria Hermeline. Mon fils est peut-être aux mains de brigands encore plus terrifiants que ceux de Garin.

Elle éclata en sanglots. Aliénor tenta de la consoler.

- Moi je pense que mon frère est plus rusé que cela, conclut Bertille S'il a pu quitter l'abbaye il n'y a qu'un endroit où il a pu aller.
- Où cela, ma chérie ? sanglota Hermeline.
- Dans un de nos refuges dans la forêt que papa avait fait construire pour la chasse. On s'y rendait souvent avec Odilon.
- C'est encore mieux ! La forêt est peuplée d'assassins qui ne feront qu'une bouchée d'Odilon s'exclama Hermeline.
- Arrête d'être défaitiste comme cela Maman ! Tu as bien peu confiance en ton fils ! Moi, je sais de quoi Odilon est capable et je lui fais confiance !
- Si tout cela est exact, fit remarquer Aliénor, il faudrait déjà savoir si Odilon est toujours dans l'abbaye, mais comment peut-on faire ? Il nous faudrait pouvoir sortir d'ici sans être remarquées, mais nous sommes constamment épiées par Garin ou ses hommes !
- Je pourrais aller rendre visite à l'Abbé, tenta Bertille.
- Tu es folle ! s'écria Hermeline. Tu ne dépasserais pas l'enceinte de ce château que Garin t'aurait déjà rattrapée !
- Il faut quelqu'un de plus inoffensif suggéra Aliénor. Quelqu'un que l'on ne remarquera pas, quelqu'un au-dessus de tout soupçon.
- À qui penses-tu ? demanda Bertille.

Mais ce fut Hermeline qui répondit.

-        Je pourrais envoyer Nicolette sous un prétexte quelconque proposa Hermeline elle pourrait prétexter une course à faire en ville si elle était arrêtée.

-        Je ne crois pas que cela soit judicieux, objecta Aliénor. Garin aura tôt fait de comprendre. N'oublie pas que Nicolette est à ton service et par conséquent qu'elle doit t'obéir. Si on la croise sur la route, elle ne pourrait s'y trouver que sur ton ordre. Non. Je pense que Laudine conviendrait mieux. Nous sommes arrivées hier de l'abbaye, je pourrais y avoir oublié quelque chose et envoyer ma servante pour le rechercher. Cela me semble plus plausible.

-        À moi aussi ? acquiesça Adeline.

-        Je crois qu'Aliénor a raison maman, fit remarquer Bertille. Il faut envoyer Laudine chercher des nouvelles.

-        Je lui demanderai, poursuivit Aliénor d'aller se renseigner sur ce qui se passe à l'abbaye et de tâcher de glaner quelques informations sur Odilon.

-        Excellente idée Aliénor ! s'exclama Hermeline qui frissonna. Mais il fait presque nuit maintenant. Agissons prudemment. Nous l'enverrons demain à la première heure. Comme je suis contente ! Je me sens soulagée de vous savoir près de moi. Que ferais-je sans vous ?

La fraîcheur du soir se faisant sentir, elles prirent, toutes quatre, le chemin de leurs chambres accompagnées par le chant d'un merle.

CHAPITRE XVII

Un départ mouvementé

Un peu après complies, Odilon et Robert se mirent en route. Il avait été convenu que par sécurité Robert partirait le premier, en éclaireur, afin d'inspecter les abords les plus proches de la ville. Ainsi, s'il était arrêté, il arguerait qu'il promenait les chevaux sur la route qui conduit à la ville : il était maréchal-ferrant après tout, il pouvait bien vérifier si son travail était bien fait et donner un coup de main au palefrenier.

Odilon le rejoindrait un peu plus tard, après que Robert lui ait fait le signal convenu : deux hululements courts puis un long.

Par prudence, Robert avait jugé préférable qu'Odilon sorte de la ville comme il y était entré : par la brèche à l'endroit du parapet où le mur s'était effondré. Ainsi, il ne serait pas repéré par les sentinelles ou par tout autre regard indiscret s'il y en avait.

Après avoir préparé leurs montures, Robert et lui se mirent en marche. Ils se séparèrent quelques minutes plus tard pour emprunter, chacun, la direction prévue, Robert prenant avec lui le cheval d'Odilon.

Malgré les précautions prises, aucun d'eux ne fit attention à un rideau qui se souleva à l'une des fenêtres des maisons voisines ni à une forme qui se glissa dans l'ouverture : quelqu'un les avait vus quitter la ville !

Après être sorti de la ville, Robert continua quelques mètres. Il remarqua que des sentinelles étaient en faction aux abords.

-       Difficile dans ces conditions d'aller retrouver Odilon sans attirer l'attention, songea-t-il.

Que faire alors ? Il y avait bien un fourré, un peu plus à gauche de l'endroit où il se trouvait qui permettrait de se mettre à couvert. Mais comment faire pour qu'Odilon l'atteigne, lui, sans être vu alors que pour arriver jusqu'au bosquet il lui faudrait parcourir à découvert une dizaine de mètres ? Cette distance serait bien suffisante pour se faire remarquer malgré l'obscurité. Et surtout, comment prévenir Odilon ? Robert décida de se diriger vers le fourré en espérant qu'Odilon comprendrait sa démarche et tenterait de venir le rejoindre.

Pendant ce temps, Odilon avait atteint l'endroit par où il était entré dans la ville quelques heures plus tôt. De ce poste d'observation très sûr, il surveillait à sa guise les alentours. L'oreille aux aguets, il attendait le signal. Mais au lieu de cela, il surprit Robert qui prenait la direction du fourré.

-       Que fait-il ? se demanda-t-il. Il veut sans doute que je le rejoigne à cet endroit plus à couvert.
Odilon comprit tout de suite qu'il devait y avoir un danger et que Robert lui intimait l'ordre de le rejoindre en prenant toutes les précautions qu'il pouvait.

Agile comme un singe, Odilon se glissa hors de sa cachette et s'élança dans la direction de Robert. À peine avait-il dépassé l'enceinte de la ville qu'il entendit la voix de deux sentinelles. Il s'arrêta net et ne bougea plus. Les deux soldats venaient dans sa direction : il devait être de la bande à Raoul et Odilon n'avait aucun endroit où se mettre à l'abri !

Il était à mi-chemin de Robert, il avait donc encore autant de chemin à parcourir et à cette distance il était impossible que les soldats ne le remarquent pas. Sans réfléchir, il se jeta à plat ventre sur le sol espérant ainsi que son costume sombre et l'obscurité le feraient passer inaperçu.

Les deux soldats s'arrêtèrent à quelques pas de lui, mais ne le virent pas, puis ils s'éloignèrent.

Cette scène ne dura que quelques minutes qui parurent une éternité à Odilon. Alors, tel un lézard, il ne fut pas long à parcourir, en rampant, les quelques mètres qui le séparaient du fourré et de Robert. Lorsque celui-ci le vit, il tâcha de s'approcher le plus possible du fourré, créant, à l'aide des chevaux une espèce de paravent factice qui prolongeait le bosquet et qui permit à Odilon de le rejoindre tout à son aise.

Prudemment, Odilon se cachant derrière le cheval continua à marcher ainsi pendant quelques minutes, jusqu'à ce que Robert lui fasse signe qu'il était assez loin maintenant de la vue des sentinelles. Odilon enfourcha, alors, son cheval et ils poursuivirent leur chemin.

L'obscurité était presque complète maintenant, seul persistait un filet de lumière qui éclairait faiblement le chemin devant eux. Le silence devenait pesant. Aucun d'eux n'avait prononcé un mot. Depuis leur départ, ils étaient restés silencieux, les oreilles aux aguets portant attention à tous les bruits suspects qu'ils surprenaient.

\- 	Dans quelques heures, pensait Odilon, les hommes de Raoul s'apercevront que je ne suis plus dans le passage secret et ils me chercheront partout.

Il était inquiet pour Robert et sa famille qui l'avaient accueilli si généreusement. Qu'allaient-ils devenir si des hommes apprenaient qu'ils l'avaient aidé ? Il n'avait pas osé aborder le sujet avec le maréchal-ferrant, mais le silence se faisant trop pesant, il entreprit de l'interrompre et fit part à Robert de ses doutes et de ses interrogations.

À l'annonce des questions d'Odilon, Robert partit d'un éclat de rire.

\- 	Ne t'en fais pas petit, je suis bien armé pour me défendre répondit-il.

Cela ne satisfit pas Odilon qui avait dit la même chose quelque temps plus tôt au Père Abbé sans en rien penser.
Il faisait complètement nuit à présent. Un nuage voilait les rayons de la lune et à mesure qu'ils approchaient de la forêt, l'obscurité se faisait de plus en plus oppressante et le silence de plus en plus pesant.

Odilon savait que bientôt il resterait seul pour traverser la forêt et à cette pensée son corps se raidissait, et de la sueur lui venait sur le front.

Arrivés à l'orée de la forêt, vint le moment où ils durent se séparer. Robert arrêta son cheval.

-       Voilà, dit-il la voix enrouée, c'est là que nos chemins se séparent. Continue toujours tout droit, et quand tu arriveras au rocher de la boule noire, tu prendras le chemin qui mène à ta cabane. Tu devrais y être rendu à l'aube.

-       Merci pour tout, dit Odilon d'une voix étouffée qui avait maintenant du mal à cacher son effroi. Rentrez bien et soyez prudent.

-       Oui bon courage mon petit.

Odilon donna une petite tape à son cheval et disparut dans la nuit. Robert le regarda s'éloigner. Son cœur se serra. Il se sentait coupable de ne pas l'accompagner plus avant, mais il avait juste le temps de retourner en ville avant que les premières lueurs de l'aube apparaissent et s'il voulait passer inaperçu il lui fallait se dépêcher. Il prit le chemin de retour, mais se retourna plusieurs fois pour regarder Odilon disparaître dans l'obscurité de la nuit.

CHAPITRE XVIII

Une attente inutile

Pendant qu'Odilon s'aventurait dans la forêt, Raoul et ses hommes l'attendaient toujours, tapis dans l'ombre, devant la sortie du passage secret. Il était près de six heures et ils n'avaient quasiment pas bougé de leur poste d'observation depuis la veille au soir. Certains commençaient à s'impatienter, d'autres en venaient à penser qu'Odilon ne sortirait plus.

Soudain, quelque chose bougea près du talus : les hautes herbes frissonnèrent et un crissement se fit entendre. Un bruit sourd retentit, puis le silence s'installa à nouveau.

Depuis leur cachette, les hommes attendaient fébrilement, armes aux poings, mais ne virent personne sortir du souterrain. Le silence se fit plus pesant. Les soldats attendirent encore quelques instants, puis Raoul sortit de sa cachette et fit signe à ses hommes de le suivre. Ils avancèrent de quelques pas, jusqu'à proximité du bosquet. Une fois tout près ils ne purent que constater que le bosquet était désert !

Qu'est-ce que cela signifiait ? Tous avaient pourtant bien entendu un bruit ! Sur le qui-vive, ils s'immobilisèrent un instant devant le talus : il leur semblait pourtant qu'il y avait quelqu'un. Un petit bruit, comme un crissement se faisait entendre.

Soudain, avant même qu'ils puissent réagir, un hérisson fit irruption de derrière les buissons et se précipita dans les fourrés alentour.

Par réflexe, certains soldats se jetèrent en arrière de stupeur, renversant au passage leurs compagnons, puis éclatèrent de rire devant leur méprise.

-        Bande d'idiots! invectiva Raoul. Vous avez l'air fin! Je commande une bande de bon à rien qui ont peur d'un hérisson!

Raoul s'approcha de la trappe, tenta de l'ouvrir en cherchant une prise qu'il ne trouva pas. Il tapa avec le dos de son épée puis frappa du pied la lourde porte, mais la trappe ne céda pas. Pourtant, il fallait qu'il inspecte le souterrain afin d'être sûr qu'Odilon n'y était pas.

-        Peut-être après tout se méfie-t-il? se dit Raoul. Ou bien nous a-t-il surpris et attend-il notre départ pour sortir du tunnel?

Raoul se mit à inspecter plus à fond le mécanisme de fermeture. Il conclut que la trappe devait être fermée de l'intérieur. D'ailleurs, il ne voyait aucun moyen de l'ouvrir de l'extérieur. Il demanda à ses hommes de déblayer l'entrée. Une fois cette opération effectuée, il apparut que la trappe était composée de deux battants. Ils se mirent à plusieurs pour essayer de l'ouvrir, mais sans succès : la trappe ne céda pas. Raoul glissa son épée dans la fente qui séparait les deux battants voulant ainsi créer un effet de levier.

-        Venez m'aider! ordonna-t-il. Faites comme moi : mettez vos épées dans la fente.

Tous les hommes s'exécutèrent et tâchèrent de creuser un orifice dans le but de dégager un peu l'ouverture et peut-être, ainsi, de débloquer le mécanisme. Obéissant aux ordres de Raoul, ils tirèrent de toutes leurs forces... et leurs épées se cassèrent en deux !

-       Bande d'imbéciles ! hurla Raoul hors de lui. Ce n'est pas possible ! Cette porte doit céder. Allez chercher des outils plus adéquats. On doit y arriver !

Un peu plus tard, les soldats revinrent avec les outils demandés. Ils s'attaquèrent à la porte, cherchant à la défoncer. Après plusieurs longues minutes d'efforts, le bois commença à céder sous le poids des coups.

-       Stop ! tonna Raoul.

La porte venait de céder, dégageant un orifice noir comme de l'encre.

-       Apportez-moi une torche ! ordonna-t-il

À l'aide de la torche, Raoul observa l'intérieur : une forte odeur s'échappait de l'orifice. Il amorça une descente, mais ne put pas faire plus d'un pas, son pied étant gêné par quelque chose de dur. Il approcha la torche le plus près possible.

-       Sacre bleu ! lança-t-il. Des tonnes et des tonnes de gravats ! La sortie est obstruée ! Personne ne pourra sortir par ici !

L'odeur devenant insupportable, Raoul ressentait une gêne pour respirer. Alors qu'il s'apprêtait à remonter, il entendit des bruits semblables à ceux des cris d'animaux.

-       La nature a repris sa place dans ce trou ! Aidez-moi vite. Vite ! Refermez la trappe.

Les soldats tirèrent Raoul et refermèrent les deux battants derrière lui.

-       Condamnez définitivement ce passage ! ordonna-t-il.

Puis il ajouta :

-       S'il y a quelqu'un là-dedans, il faut qu'il y reste pour toujours ! Et si quelqu'un veut emprunter le souterrain, il ne faut pas qu'il puisse le faire.

Cela dit, il se retira à l'écart et s'assit sous un arbre pour surveiller ses hommes.

-       Curieux tout de même, se dit-il. Si Odilon devait emprunter cette sortie, il n'a pas pu le faire puisqu'elle est devenue impraticable. Alors de deux choses l'une : soit Odilon est coincé à l'intérieur sans pouvoir sortir et dans ce cas sa seule chance de survivre est de regagner l'abbaye ; soit Odilon a réussi à sortir de ce satané souterrain, mais alors comment ? Se pourrait-il qu'il y ait une autre sortie ? Si c'est le cas, il faut que je la trouve ! Mais autant chercher une aiguille dans une meule de foin, car je n'ai aucune idée de l'endroit où elle peut se trouver ! De toute façon, il faut que je me procure le plan de ce souterrain. Ainsi, j'aurai le cœur net de sa configuration. Et, dans le même temps, il me faudra vérifier qu'Odilon ne soit pas retourné à l'abbaye. Et pour le savoir, je compte sur mon informateur dans l'abbaye pour me le dire.

Un de ses hommes l'interrompit pour lui dire que le travail qu'il leur avait confié était terminé.

- Bien. Vous deux, dit-il en s'adressant aux deux hommes les plus proches de lui, restez ici en faction, on ne sait jamais. Vous autres venez avec moi, on retourne au château rapporter les évènements qui se sont passés à sieur Garin.

Et il ajouta pour lui-même

- J'ai dans l'idée qu'il ne sera pas content du tout.

Ils rejoignirent leurs chevaux, cachés un peu plus loin, et prirent la direction du Nord vers le petit pont de bois. Dans leur élan, ils ne prêtèrent pas attention à une ombre qui les épiait à l'endroit même où Odilon était sorti du souterrain la veille.

Chapitre XIX

Une intuition confirmée

Pendant que les soldats s'évertuaient à ouvrir la sortie hypothétique du souterrain, le Père Abbé passait la journée à lire et relire les plans de l'abbaye et ceux du passage secret.

Il avait ainsi découvert trois autres passages qu'Odilon aurait pu emprunter et qui menaient chacun à trois sorties différentes situées aux quatre points cardinaux autour de l'abbaye.

Le Père Abbé avait maintenant compris ce qui s'était produit. Il décida d'en avoir le cœur net en essayant, un à un, tous les tunnels. Il voulait ainsi refaire, lui-même, le chemin parcouru par Odilon.

Il se rendit dans la salle capitulaire et tenta, en vain, d'ouvrir la porte du souterrain. C'est alors qu'il découvrit sur son plan une autre entrée située dans le cloître de l'abbaye.

À côté de l'armarium, dans lequel les moines rangent les livres servant à la lecture collective, face à la banquette en pierre dirigée vers la face Ouest de l'abbaye, se trouve une petite galerie qui aboutit dans le souterrain au pied de l'escalier emprunté par Odilon au début de sa fuite.

L'Abbé suivit les indications données par son plan et actionna une petite boule qu'il n'eut aucun mal à trouver situé à la base d'une des colonnes au niveau de la scotie.

Muni d'une torche, il suivit ensuite scrupuleusement son plan en le gardant sous les yeux pour ne pas se perdre.

Il ne put pas, lui non plus, emprunter le tunnel qu'il avait indiqué à Odilon ayant constaté, à son tour, que celui-ci était impraticable.

Il pesta de sa négligence.

-       J'aurais dû vérifier avant, maugréa-t-il.

De tâtonnement en tâtonnement, le seul souterrain qui l'amena vers la sortie était celui qu'Odilon avait emprunté : pour l'atteindre, il avait fallu qu'Odilon longe la rivière au lieu de la traverser, comme il le lui avait indiqué de prime abord.

L'Abbé en conclut que c'était ainsi que les choses avaient dû se passer pour Odilon, que celui-ci avait dû se tromper de sortie.

C'est de ce poste d'observation, camouflé par les mauvaises herbes comme le fut Odilon quelques heures auparavant, que l'Abbé surprit le défilé des soldats, empruntant le petit pont de bois, au galop, pour se rendre au château.

Mais, le Père François ne se satisfaisait pas de ses intuitions, encore lui fallait-il trouver une preuve formelle du passage d'Odilon à cet endroit. Il se mit alors en quête d'un indice qui lui confirmerait ce qu'il subodorait.

Il discerna des traces de pas toutes fraîches dans la terre et non loin de là des empreintes de mains comme si quelqu'un s'était accroupi pour éviter un danger. Il posa son pied dans ses traces et eut la confirmation qu'il s'agissait de l'empreinte d'Odilon qui se trouvait là, dans la terre, devant ses yeux. Il en fut certain parce qu'il aurait reconnu ces traces entre mille : c'était celles laissées par les bottes qu'il avait fait confectionner spécialement pour Odilon et qu'il lui avait offertes lors de son arrivée à l'abbaye. Cette empreinte avait un petit défaut : la semelle n'était pas complètement lisse et comportait des aspérités parfaitement reconnaissables dans la terre.

L'Abbé était soulagé. Il effaça les empreintes. Il était convaincu que cette erreur de direction avait sauvé Odilon du guet-apens que Raoul avait monté contre lui.

Il reprit, ensuite, le souterrain en sens inverse. Quelques instants plus tard, le Père Abbé sortait du souterrain par la petite porte camouflée dans le cloître.

L'abbaye était tranquille, les moines étant occupés à l'office de tierce, mais l'Abbé prit soin néanmoins de ne pas se faire remarquer.

-       Au moins se dit le Père Abbé, Odilon a eu devant lui plusieurs heures. Espérons qu'il les a utilisées à bon escient. Mais cela n'empêche pas qu'il n'est plus en sécurité chez Robert et qu'il faut absolument que j'arrive à le prévenir.

Il fallait agir, très vite, maintenant, les cavaliers qu'il avait vus se rendre au château lui indiquaient que Garin serait prévenu dans peu de temps, il était peut-être même déjà trop tard !

Il frissonna. Il n'était pas encore bien remis de son coup de froid d'il y a deux jours, toutes ces émotions faisaient remonter la fièvre et les courants d'air du souterrain n'avaient rien arrangé.

Il se sentit très faible tout à coup, ses forces lui échappaient, il se sentit mal. Il se traîna jusqu'à un banc dans le jardin afin de reprendre son souffle. Il respira profondément, mais sa respiration se fit haletante : le froid lui brûlait encore plus le fond de la gorge. Au prix d'un effort surhumain, il se traîna jusque dans sa cellule et s'effondra sur sa paillasse.

CHAPITRE XX

Une tentative qui échoue

Arrivé au château, Raoul put vérifier la justesse de ses craintes. Garin était hors de lui : il le traitait d'incapables et d'autres qualificatifs aussi peu flatteurs. Dans sa colère, il ne prenait même pas la peine de ne pas se faire remarquer par Hermeline et ses hôtes. Tous purent ainsi entendre leur conversation.

- Et maintenant ! hurlait Garin. Qu'allons-nous faire ? Il était là, à notre portée, et vous l'avez perdu ! Bande d'incapables ! Voilà ce que vous êtes : une bande d'incapables ! Je veux que vous le retrouviez, vous m'entendez... mort ou vif ! Ou alors, vous passerez un mauvais quart d'heure !
- Oui Monsieur, bredouillait Raoul.
- Êtes-vous absolument sûr de votre informateur ? demanda Garin.
- Oui absolument répondit Raoul avec conviction.
- Hum... Nous verrons cela plus tard.

Il s'arrêta un instant, puis ajouta.

- Ai-je été clair Raoul ?
- Oui, très clair, Monseigneur, répondit Raoul avec flatterie.
- Alors, filez et ne revenez qu'accompagnés d'Odilon.

Les soldats repartirent penauds et disparurent bientôt dans la brume nocturne.

Ce remue-ménage avait réveillé tout le château. Hermeline et ses hôtes se retrouvèrent sur le pas de leur porte, terrorisées par ce qu'elles venaient d'entendre. D'un commun accord, elles décidèrent de se réunir dans la chambre d'Hermeline.

- C'est épouvantable ! sanglota Hermeline.
- Moi je trouve cela plutôt encourageant s'écria Bertille avec enthousiasme. N'as-tu pas entendu : ils n'ont pas trouvé Odilon ! Mon frère a réussi à leur échapper !
- C'est vrai, Hermeline, intervint Aliénor. Odilon n'est pas tombé entre leurs mains, il reste donc encore un espoir.
- Lequel ? sanglota Hermeline. Nous ne savons pas où il se trouve. Tous ces hommes à sa poursuite ! Je crains qu'il ne tarde pas à le retrouver.
- Peut-être n'a-t-il jamais quitté l'abbaye, suggéra Adeline. Le Père Abbé n'a fait cela que pour détourner les regards ?
- Il faut en avoir le cœur net et savoir vraiment où se trouve Odilon dit Adeline avec autorité.
- Puisque nous ne pouvons pas sortir d'ici il nous faut suivre notre plan et envoyer Laudine à l'abbaye comme l'a suggéré Aliénor proposa Bertille.
- Allons la chercher, je vais lui parler, dit Aliénor sans attendre le consentement d'Hermeline. Il faut qu'elle parte très tôt demain matin.

Ce qui fut dit, fut fait. Dès les premières lueurs de l'aube le lendemain matin, Laudine, suivant les ordres de sa maîtresse Aliénor, quitta subrepticement le domaine, longea les hautes douves puis se mit en route pour l'abbaye en suivant le sentier qui la séparait de la ville.

Elle était partie à pied pour ne pas faire de bruit et ne pas attirer l'attention et avait suivi le chemin que Bertille lui avait indiqué.

Elle n'avait marché qu'une moitié d'heure lorsque Garin apparut, brusquement, devant elle, la faisant sursauter.

- Et bien, ma belle ! lança-t-il d'un ton moqueur. Ne t'a-t-on pas dit qu'il est dangereux de s'aventurer seule sur cette route ? Un joli minois comme le tien, ce serait dommage qu'il soit abîmé !

Laudine était terrorisée, elle se reprit cependant pour dire.

- Je... je ne vais qu'à l'abbaye mon... Monsieur. Ma maî... maîtresse y a oublié un... un li... livre hier
- Un livre ? Voyez-vous cela ! Et votre maîtresse ne sait-elle pas les périls qui vous menacent ? C'est au péril de votre vie que vous allez le long des routes chercher un modeste livre à une heure aussi matinale ?
- C'est... c'est que... c'est un livre auquel elle tient beaucoup ajouta Laudine.
- Et bien, moi, je tiens à votre sécurité, ma belle ! J'irai vous le chercher ce livre. Mais pour l'heure, je vous ramène au château et j'expliquerai à votre maîtresse qu'il n'est pas sage d'exposer ainsi sa servante à de si nombreux périls.

Sans que Laudine ne puisse rien ajouter ni objecter quoi que ce soit, Garin lui emboita le pas et ils retournèrent au château.

Sur le perron, ils furent accueillis par Hermeline et Aliénor qui les avaient vu revenir.

-       Qu'est-ce que cela signifie ? demanda Hermeline avec dédain.

-       Cela signifie, Mesdames, que j'ai peut-être sauvé la vie de votre servante dit-il fermement.

Puis, il ajouta en changeant brusquement de ton.

-       Trêve de plaisanterie ! Ce petit jeu a assez duré maintenant ! Je n'ai pas le temps de vous surveiller ainsi. Je vous consigne dans vos chambres respectives, je serai, ainsi, plus à même de surveiller vos faits et gestes. Vous l'avez bien cherché !

-       Mais je vous l'interdis ! s'écria Hermeline outrée.

-       Mais vous n'avez rien à m'interdire, Madame ! Vous ne deviez rien faire sans mon consentement et dès que j'ai le dos tourné vous lancer Laudine hors du château pour prévenir je ne sais qui. Vous croyez que je n'ai pas compris votre petit manège ? Ainsi, vous pensez pouvoir échapper à ma vigilance !

Il se mit à rire de sa rouerie.

-       Il faut m'obéir, Madame ! conclut Garin d'un ton péremptoire

-       Mais de quel droit agissez-vous ainsi ? s'écria Hermeline

-       Du droit que je me suis octroyé ! C'est moi qui décide maintenant ! répartit Garin d'un ton sec.

-       Qu'avez-vous fait de mon fils ? s'enquit Hermeline à bout de force

-       Votre fils ? Ah ah ah... son rire sardonique glaça Hermeline d'effroi. Votre fils, Madame, nous donne du fil à retordre. Je ne sais pas où il se trouve en ce moment... Peut-être-il déjà mort ?...

Il avait prononcé ces derniers mots dans le but d'accentuer la détresse d'Hermeline.

-       Vous n'avez pas de cœur !
-       De toute façon, quand nous le retrouverons, il ne vous restera plus longtemps à vivre... Ah ah ah !

Il ajouta d'un ton sarcastique.

-       Pour l'instant, vous me servirez de monnaie d'échange. Tant que je vous tiens à ma merci, votre fils n'osera rien tenter contre moi !

Il fit un geste de la main et plusieurs soldats apparurent de derrière les murs d'enceinte du château.

-       Emmenez-les et surveillez les bien ! leur ordonna-t-il. Je ne veux pas qu'elles nous échappent ou qu'elles tentent quelque chose. Bouclez-les dans leurs chambres et postez deux gardes devant chaque porte.

Les soldats empoignèrent Hermeline et sa famille sans ménagement et les conduisirent dans leurs chambres respectives.

Cette fois, elles étaient bel et bien prisonnières et Garin avait maintenant les mains entièrement libres !

CHAPITRE XXI

Les Lupus resserrent leur pression

Après leur départ du château, les Lupus, Raoul à leur tête, prirent la direction de la ville deux heures seulement après que Robert soit rentré de son périple nocturne avec Odilon.

Le bruit des sabots de leurs chevaux réveilla les habitants de la ville qui s'approchèrent de leurs fenêtres, intrigués. Ceux que les Lupus croisèrent sur leur chemin tournaient la tête sur leur passage, s'interrogeant sur leurs intentions : que se passait-il ? Que venaient faire ces hommes, en ville, en pleine nuit ? Que ou qui cherchait-il ? Réveillée dans leur sommeil, la peur céda la place à l'angoisse sur leur avenir incertain.

Ce n'était pas la première fois que les habitants de la ville voyaient ainsi arriver les hommes de Raoul dans leur ville et, à chaque fois, cela c'était très mal terminé : pillage, viol, torture ou meurtre. Personne n'était épargné et chacun se demandait au fond de lui à qui ce serait le tour aujourd'hui.

Robert venait de s'endormir lorsqu'il fut, lui aussi, réveillé par le bruit et le tumulte qui provenaient de la rue.

-        Qu'est-ce que c'est chéri ? demanda Eulalie à son mari. Tu crois qu'ils viennent pour nous ?

- Hum... probable, mais je ne les attendais pas si tôt. Heureusement, Odilon a eu le temps de s'échapper.

On frappa violemment à la porte.

- Ouvrez ! hurla une voix impérieuse de l'autre côté. Ouvrez, c'est un ordre !

Alexis et Marie, les deux enfants de Robert, avaient rejoint leurs parents et leur mère les serait très fort dans ses bras.

Robert ouvrit la porte.

- Que voulez-vous à cette heure si matinale ? demanda-t-il.
- Nous recherchons un jeune garçon prénommé Odilon et il m'est dans l'idée qu'il est venu se cacher dans la ville. On passe la ville au peigne fin et votre maison est sur notre route.

Il n'avait pas terminé sa phrase qu'il bouscula déjà Robert d'un coup de coude et franchit la porte d'entrée se retrouvant ainsi à l'intérieur de la maisonnée.

Avant que Robert ait pu faire ou dire quoi que ce soit, les soldats avaient déjà investi les lieux et en fouillaient tous les recoins.

- Avez-vous vu ce garçon ? interrogea violemment Raoul en fixant Robert dans les yeux
- Je ne crois pas, répondit Robert. Mais votre description est un peu sommaire...

Raoul observa fixement Robert. Il se demandait s'il pouvait lui faire confiance ou bien si celui-ci lui mentait. Déjà, à plusieurs reprises, Robert s'était rebellé contre le pouvoir usurpé de Garin et Raoul avait jugé le maréchal-ferrant comme un meneur d'hommes et donc, pour cela, très dangereux.

- Vous n'oseriez pas me mentir, n'est-ce pas ? Pas devant vos chers bambins !

Il se retourna vers Marie et Alexis qu'Eulalie serrait encore plus fort contre sa poitrine.

- Ils sont si mignons, poursuivit-il. Ce serait dommage de les défigurer si jeunes.

Robert voulut parler, mais se retint.

- Continuez la fouille ! ordonna Raoul

Ses hommes mettaient tout sens dessus dessous. Eulalie s'était maintenant réfugiée dans les bras de son époux, terrifiée devant le carnage auquel elle assistait impuissante.

- Nous n'avons rien fait de mal, dit-elle timidement
- Hein...? fit Raoul en se retournant vers le couple. C'est à moi d'en juger belle dame ! répondit-il laconiquement en caressant le visage d'Eulalie ce qui eut pour effet de provoquer un mouvement de dégoût et de recul d'Eulalie.
- Il est étrange, comme de petites prérogatives de pouvoir, peuvent transformer un homme marmonna Robert à l'oreille de son épouse.

Les soldats se dirigeaient maintenant vers un recoin mansardé que Robert avait confectionné pour ses enfants en faisant ainsi une sorte de petit abri sur lequel s'ouvrait une lucarne. C'est à cet endroit qu'Odilon s'était reposé la journée précédente et c'est là que les enfants de Robert dormaient avant l'arrivée de Raoul.

La paillasse était protégée par deux tentures qui pendaient de chaque côté de la paillasse. Le regard d'Eulalie, qui suivait les faits et gestes des soldats fut soudain attiré par un petit morceau d'étoffe qui dépassait de dessous le lit : c'était un des morceaux du pantalon qu'Odilon avait abîmé en entrant dans la ville. Mais personne n'avait, jusque-là, remarqué qu'il s'était détaché et avait atterri sous le lit, juste à l'endroit les hommes de Raoul s'apprêtaient maintenant à fouiller. Ils ne pouvaient pas ne pas le voir ni passer à côté ! Or, s'ils le trouvaient, ils demanderaient à qui il appartenait et Eulalie comme Robert seraient bien gênés de chercher, dans leur modeste garde-robe, un costume avec un accro comparable. Raoul ferait, alors, rapidement le rapprochement entre ce morceau d'étoffe et Odilon et s'en serait fini d'eux et de leurs enfants.

Eulalie avait conscience qu'il fallait faire quelque chose rapidement, car déjà les soldats se dirigeaient vers la mansarde.

-       Fouillez ce coin-là aussi ! leur avait ordonné Raoul

N'écoutant que son courage, Eulalie, sans prendre le temps de mesurer les conséquences que pourraient avoir l'acte fou qu'elle allait entreprendre, traversa la pièce et se précipita sur les tentures qui entouraient le lit, repoussant, d'un coup sec du pied, le morceau d'étoffe qui dépassait, sous le matelas.

-       Pas ce lit ! cria-t-elle. Vous n'avez pas le droit ! C'est le lit de mes enfants s'il vous plait ! Je vous en prie.

Marie et Alexis s'étaient mis à crier.

-      Maman ! Maman !

Leurs cris faisaient mal aux oreilles. Robert avait toutes les peines du monde à les maintenir entre ses bras forts. Les soldats empoignèrent Eulalie et l'éloignèrent du lit.

-      Ne faites pas entrave à la découverte de la vérité Madame ! avait hurlé Raoul pour surpasser les cris des enfants, tout en repoussant violemment Eulalie contre son mari.
-      Soyez délicat avec ma femme ! s'écria Robert ulcéré.

Tout en se rangeant dans le camp de sa femme, Robert la regardait perplexe : il était dubitatif quant à l'attitude à adopter, car il ne comprenait pas le geste de sa femme.

L'attitude d'Eulalie avait éveillé les soupçons de Raoul qui se demandait pourquoi cette femme avait pris un tel risque en s'approchant ainsi du lit. Il se dirigea, lui-même, vers la mansarde dans laquelle, il en était maintenant persuadé, Eulalie avait aperçu quelque chose qu'elle avait jugé préférable de leur cacher. Et ce devait être quelque chose de très important pour que cette femme prenne un tel risque.

-      Mais de quoi peut-il bien s'agir ? se demanda Raoul en regardant successivement le lit et Eulalie. Il faut que je le sache !

Il fit signe aux soldats qui entreprirent de soulever la paillasse.

C'est alors qu'Eulalie poussa un cri, se laissant glisser le long des jambes de son mari, faisant mine d'avoir un malaise. Une fois sur le sol, elle simula des convulsions et se glissa jusqu'à la paillasse où elle s'affala de manière à entraver la bonne marche de la fouille.

Les soldats se virent contraints d'abandonner leur inspection. Ils allaient la remettre sur pied lorsque Robert se précipita et s'agenouilla auprès de sa femme.

-        Ça ne va pas, ma chérie ? demanda Robert à la fois inquiet et intrigué

-        Je ne me sens pas très bien.

La tête d'Eulalie retomba sur le côté, paraissant inerte.

-        Vous ne pouvez pas rester là, Madame, intervint Raoul. Vous empêchez mes hommes de finir la fouille.

Mais Eulalie ne bougeait plus.

-        Messieurs, je vous en prie, supplia Robert aux combles de l'inquiétude, vous voyez bien que ma femme est souffrante !

-        On s'en moque mon vieux, dit l'un des soldats agrippant Eulalie pour la déloger.

Mais Raoul intervient, arrêtant le soldat dans son geste.

-        Laissez ! dit-il simplement.

-        Franchement, continua Robert en tenant doucement la main de sa femme, pensez-vous que ce jeune garçon que vous recherchez soit caché sous le matelas ?

Raoul maugréa, il réfléchissait.

-        Peut-être après tout que je m'acharne sur cette famille par vengeance personnelle se dit-il.

Il décida que lui et ses hommes avaient perdu assez de temps dans cette maison.

- Bon. Allez, venez, fit-il à ses hommes en joignant le geste à la parole et en leur faisant signe de sortir. Puis il ajouta en direction de Robert : ne croyez pas que vous soyez débarrassés de moi. Nous reviendrons, et cette fois si vous avez quelque chose à cacher, croyez-moi nous le trouverons !

Il avança vers la porte et ajouta, en se retournant. :

- Je crois d'ailleurs que vous avez déjà goûté à ma torture ? Et bien, dîtes-vous que celle-ci n'était rien à côté de ce que vous endurerez s'il s'avère que vous nous avez menti !

Robert baissa la tête. Raoul en profitant pour ajouter :

- Et cette fois, votre femme ne vous sera d'aucun secours !

Cela dit, il se dirigea vers la porte.
- On s'en va, dit-il à ses hommes en se retournant. On a perdu assez de temps ici.

Ils sortirent.

Après leur départ, Eulalie se redressa tandis que ses enfants se jetaient à son cou.

- Ils sont partis ? demanda-t-elle.

Raoul acquiesça de la tête.

\-   Mais que t'est-il passé par la tête ? Es-tu devenue folle ? Tu veux nous faire couper la gorge ?

Sans répondre, Eulalie passa sa main sous le matelas et exhiba le morceau de tissu.

\-   Mon Dieu ! s'exclama Robert en serrant sa femme dans ses bras. Heureusement que tu l'as vu. On ne peut pas rester ici une minute de plus. Ces Lupus vont revenir d'un moment à l'autre. Quand ils verront qu'ils ne retrouvent pas Odilon, il leur faudra alors un bouc émissaire et ce sera moi, j'en suis sûr.

Il s'adressa à ses enfants.

\-   Prenez le strict minimum, nous partons sur le champ.

Alexis et Marie s'exécutèrent sans broncher.

\-   Une fois que vous serez en sécurité dit-il à sa femme, je reviendrai seul pour détourner les soupçons...
\-   ... Et un peu aussi pour avoir des nouvelles d'Odilon... termina sa femme.

Robert lui fit un sourire complice et Eulalie, en guise de réponse, embrassa tendrement son époux.

CHAPITRE XXII

La taupe

Dehors, les hommes de Raoul continuaient de fouiller les autres demeures.

- Rien sergent !
- Rien non plus de mon côté ! entendait-on de toutes parts

Cela commençait à agacer fortement le sergent Raoul.

- Grrrrr..... grommelait-il. Mais il doit bien pourtant être quelque part ! Où se cache ce garçon ? Chaque piste que l'on suit conduit à une impasse ! Allons faire un tour à l'abbaye. J'ai deux mots à dire à notre informateur. Vous deux, lança-t-il à deux soldats qui se trouvaient non loin de lui, vous m'accompagnerez. Vous autres, cria-t-il à la cantonade, continuez de fouiller chaque recoin, puis venez nous rejoindre quand vous en aurez fini. Si Odilon est encore dans la ville, il ne doit pas nous échapper.

Raoul arriva à l'abbaye, à sexte, alors que les moines prenaient leur dîner. Il demanda au Frère portier de lui ouvrir la porte et d'aller chercher le Frère Aubin.

Celui-ci, répondant à l'appel de Raoul, arriva quelque temps après. Ils sortirent de l'enceinte de l'abbaye. Une fois à l'abri des regards indiscrets, Raoul demanda.

-       Êtes-vous certain d'avoir bien entendu la conversation que le Père Abbé a eue avec Odilon l'autre soir ?

-       Oh oui ! Certain, répondit Frère Aubin.

-       N'avez-vous pas pu vous tromper ou déformer les paroles que vous avez entendues ? Vous savez ce que cela vous coûterait ?

-       Oui, je le sais. Vous avez été assez clair sur ce point et me l'avez assez fait comprendre lorsque vous m'avez brûlé la plante des pieds jusqu'au sang alors que je revenais de la ville l'autre jour. Je tiens à la vie, croyez-moi ! J'ai fait tout ce que vous m'aviez demandé et j'ai suivi à la lettre toutes vos consignes.

-       Et pour le Père Abbé ? Avez-vous bien suivi mon plan ? continua Raoul.

-       Comme je l'ai déjà dit à Ernaud, j'ai mis les herbes que vous m'aviez confiées dans le gobelet du Père Abbé à la place de sa potion. Je sais qu'il a bu son verre puisque celui-ci était vide quand je suis entré dans sa cellule. D'ailleurs, le Père Abbé n'a pas reparu pendant toute la journée, preuve qu'il était bien endormi parce que cela n'est pas son genre : en temps normal, il est toujours debout le premier et couché le dernier. Vous voyez bien que j'ai suivi toutes vos instructions. Vous n'avez aucune inquiétude à avoir.

Raoul observait le Frère qui semblait très sûr de lui lorsque celui-ci ajouta en fixant Raoul droit dans les yeux :

-       Mais sachez que je ne ferai rien de plus pour vous, quel que soit le sort que vous me réservez. Je crains déjà que l'Abbé ne se doute de quelque chose et je suis mal à l'aise d'avoir trahi un jeune garçon qui ne m'a rien fait.

Un homme s'approchait d'eux, grand et bien bâti. Il se dirigea d'un pas volontaire vers Raoul et le salua.

- Ah ! Ernaud dit Raoul. Je finis avec le Frère et je suis à vous.

Puis, se tournant vers Frère Aubin, il ajouta :

- Merci pour ce complément d'information. Je n'ai plus besoin de vous retirez-vous.

Frère Aubin s'éloigna.

- Vous n'avez toujours pas réussi à attraper Odilon à ce que je vois ? ironisa Ernaud.
- Oh ! Ne vous moquez pas, je vous prie Ernaud. D'ailleurs, êtes-vous bien sûr qu'Odilon a quitté l'abbaye ?
- Absolument certain ! Je ne l'ai pas lâché des yeux jusqu'à son entrée dans le souterrain.
- Alors comment se fait-il qu'il ne soit pas sorti du passage comme prévu ?
- Je n'en sais rien.
- Nous avons attendu à l'endroit convenu. Mais il semble que la sortie du passage soit impraticable. Pensez-vous qu'Odilon ait pu rester coincé à l'intérieur du souterrain et qu'il y soit toujours à l'heure actuelle ?
- J'en doute. Le lendemain de la disparition d'Odilon dans le souterrain, j'ai vu l'Abbé suivre le même chemin que lui. Il a tenté d'ouvrir la porte qui donne dans la salle capitulaire, mais n'y étant pas parvenu, il s'est dirigé vers le cloître et a disparu

lui aussi par une petite porte dérobée qui s'y trouve. Son absence a duré un bon moment, mais lorsqu'il est enfin ressorti, il était seul. Si Odilon était resté bloqué à l'intérieur du souterrain, il l'aurait probablement retrouvé et serait ressorti avec lui.

- À moins qu'il l'ait aidé à sortir par une autre issue que l'on ne connaît pas ? fit remarquer Raoul.

- C'est possible, mais pour le savoir il faudrait inspecter le passage secret.

- Ne m'avez pas dit qu'il existait des plans de ce passage que seul l'Abbé possède ?

- C'est exact.

- Il me faut ces plans, Ernaud ! ordonna Raoul. Il me les faut, le plus vite possible, ou bien je me verrais contraint d'aller interroger moi-même cet Abbé qui en sait plus qu'il n'en dit.

- Je peux essayer de me les procurer, admit Ernaud. Mon travail de charpentier me permet de me mouvoir à ma guise dans l'abbaye. C'est d'ailleurs grâce à ce travail que j'ai pu observer depuis le grenier où je consolide des charpentes les faits et gestes d'Odilon. Je pourrais essayer de me rendre dans la cellule de l'Abbé et de m'approprier ces plans. Mais, je ne vous promets rien. Frère Aubin a déjà tenté de les lui subtiliser pendant son sommeil : il a fouillé sa cellule de fond en comble, mais n'a rien trouvé !

- Et bien, faites mieux que lui ! Il est peut-être passé à côté sans les voir. Si vous me trouvez ces plans, je double la récompense que Garin vous a promise. Sinon vous savez ce que vous perdez ?

- Je servirai loyalement Garin. Nous avons fait un marché et lui aussi en retour me doit une récompense. Ne l'oubliez pas de votre côté. J'ai déjà accompli la tâche que vous m'avez confiée. Toute peine mérite salaire.

Ernaud tendit la main vers Raoul qui hésita, puis se ravisant, sortit une bourse qu'il tendit à Ernaud.

-       Vous avez raison. Garin, et moi-même, n'avons qu'une parole et voilà qui vous le prouve dit-il en lui tendu la bourse. Seulement, faites ce que je vous ai demandé et vous en aurez le double, sinon...
-       Les menaces ne marchent pas avec moi, sergent Raoul. Je suis un homme d'honneur et je n'ai qu'une parole. Je verrai ce que je peux faire. Vous reste-t-il encore un peu de cette poudre à sommeil qui semble être si efficace ?
-       Oui. Tenez, j'en ai justement encore un peu sur moi. Faites-en bon usage. Nous avons assez parlé. Maintenant, séparons-nous. Je reviendrai vous voir demain pour que vous me remettiez les plans. En attendant, soyez prudent.
-       Ne vous inquiétez pas pour moi dit Ernaud en se retirant

Raoul le regarda partir. Alors qu'il avait fait quelques pas, il le héla de nouveau.

-       Ernaud ! Une dernière question encore. Savez-vous où Odilon devait se rendre après être sorti du souterrain ?
-       Il me semble que Frère Aubin m'a parlé de la ville, d'un maréchal-ferrant, je crois, mais je n'en sais pas plus
-       Chez le maréchal Ferrand ! murmura Raoul. Celui-là, il ne perd rien pour attendre !

CHAPITRE XXIII

Sur les traces d'Odilon

Avant de prendre la direction de la ville, Raoul se dirigea vers le passage secret. Il était maintenant certain qu'Odilon n'avait pas pu s'échapper par la trappe auprès de laquelle ils étaient, lui et ses hommes restés en faction pendant plusieurs heures.

Il s'approcha du petit bosquet en réfléchissant.

- Si Odilon ne se trouve plus dans l'abbaye alors il ne peut être que dans le souterrain ou dans la ville. Or, d'après Ernaud, il ne serait plus dans le souterrain puisque le Père Abbé en est ressorti bredouille. Cependant, cela ne veut pas dire qu'il n'y soit plus. Peut-être que l'Abbé ne l'y a pas trouvé parce qu'Odilon s'est perdu. Cela reste à vérifier cependant. Ce qui est certain en revanche, c'est que Robert m'a menti. Je commence à comprendre mieux l'attitude d'Eulalie ce matin. Elle a dû vouloir me cacher quelque chose, mais quoi ? Toujours est-il que si Odilon a eu le temps de se rendre chez Robert, il en est sûrement reparti, à l'heure actuelle. Ce garçon est le diable en personne ! Il se joue de nous. Il a une chance inouïe ! Mais la chance tourne.

De la poussière à la hauteur du petit pont de bois fit comprendre à Raoul que ses hommes avaient terminé de fouiller la ville et le rejoignaient comme prévu.

Mais, ceux-ci rentraient bredouilles. Aucune trace d'Odilon nulle part.

Raoul remonta en selle. Il dédoubla ses soldats, les répartissant en deux groupes : il posta le premier groupe du côté est de la rivière et l'autre groupe du côté ouest. Ainsi, si Odilon était encore dans les parages, il ne lui échapperait pas.

-       Maintenant, se dit-il, occupons-nous du maréchal-ferrant. Il s'est joué de nous et je vais lui apprendre ce que coûte le mensonge.

Il choisit une dizaine d'hommes et reprit, au grand galop, le chemin de la ville.

Quand ils arrivèrent dans la ville, un peu après none, ils se dirigèrent directement vers la maison du maréchal-ferrant.

Raoul frappa violemment à la porte de Robert, mais personne ne répondit. Il tambourina à nouveau sans plus de succès. Il allait défoncer la porte lorsqu'une fenêtre de la maison voisine s'entrebâilla.

-       C'est inutile de vous acharner ainsi sur cette porte, il n'y a plus personne dans cette maison, dit Guy l'habitant de cette maison
-       Comment personne ? Il y avait encore quelqu'un tout à l'heure ?
-       Peut-être. Mais juste après votre départ, ils sont tous partis, répartit Guy depuis sa fenêtre.
-       Où cela ? tempêta Raoul

- Ça, je n'en sais rien, ils ne me l'ont pas dit. Mais vu les affaires qu'ils avaient, je suppose qu'ils ont quitté la ville pour un bon moment.

Robert marmonna quelques paroles incompréhensibles dans sa barbe.

- Arrgrrr...! maugréa-t-il. Ce maréchal-ferrant s'est moqué de moi. Il en savait plus qu'il ne m'en a dit. Son départ précipité le prouve. Cela voulait-il dire qu'Odilon était déjà passé par là ? Ou bien qu'ils ont pris peur après notre visite de ce matin et qu'ils aient préféré s'enfuir ?

Raoul était dans une rage folle. Il avait toujours un temps de retard sur les évènements ce qui donnait à Odilon tout le loisir de se cacher tranquillement et de disparaître tout à son aise. Et la seule personne qui pouvait encore le mettre sur sa piste venait de disparaître, elle aussi ! C'était le seul maillon qui lui restait pour retrouver Odilon.

- Que faire maintenant ? Que vais-je dire à Garin ? se demanda-t-il.

Son regard rencontra celui de Guy, le voisin. Il n'avait rien à perdre à le faire parler un peu. Après tout, il avait peut-être entendu ou vu quelque chose depuis sa fenêtre.

- Dites-moi, interrogea Raoul, connaissez-vous bien le maréchal-ferrant ?
- Bof ! C'est mon voisin, mais on ne se parle pas très souvent, répondit Guy.
- Avez-vous remarqué quelque chose d'inhabituel dans ses faits et gestes ses derniers temps ?

- Non, je ne crois pas.
- A-t-il eu de la visite ?
- Ah ! Ça oui. Un de ses neveux, je crois.
- Il a des frères et sœurs.
- J'sais pas.
- Et quand était-ce ?
- Attendez voir, c'était hier. Ça m'a frappé parce qu'il est arrivé très tôt, à prime. Un petit gars qui ne devait pas avoir plus de quinze ou seize ans. Je me suis dit que c'était bien dangereux de le laisser voyager, seul et à pied. Un si jeune garçon !
- Et ce garçon, est-il reparti ? demanda Raoul.
- Ouiais. Je les ai vus partir, tous les deux, lui et le maréchal-ferrant.
- Quand cela ? demanda Raoul agacé de devoir ainsi tirer un à un les vers du nez de ce voisin pourtant si bavard.
- C'était la nuit dernière, un peu après complies. Ils sont partis avec deux chevaux. C'est le bruit des sabots qui m'a réveillé. Faut dire que j'ai un sommeil très léger.
- Et aviez-vous vu où ils allaient ?
- Non. En fait, il m'a semblé qu'ils se sont séparés avant de sortir de la ville. Le jeune garçon a pris par ici dit Guy en montrant la direction de la brèche. Quant à Robert, il a continué par-là, avec les deux chevaux, vers la sortie de la ville fit Guy en faisant un geste de la main pour indiquer la direction.
- Donc, le jeune garçon était déjà parti lorsque l'on est venu fouiller la maison ? conclut Raoul.
- Oh ! oui, y'avait plusieurs heures confirma Guy. C'est des voisins bien tranquilles, y font jamais de bruit. Alors tout ce va-et-vient subitement, ç'a attiré mon attention, forcément !
- Merci bien, conclut Raoul.
- Dites ? lança Guy.
- Quoi ? demanda Raoul.
- Et pour la récompense ?

\- Quelle récompense ?

\- Bah, pour les indications que je viens de vous fournir

\- Vous avez fait votre devoir de citoyen honnête. Croyez bien que je saurai m'en souvenir.

Guy referma sa fenêtre, insatisfait.

\- Tout est donc clair maintenant dit Raoul au Caporal Giraud son second qui se trouvait à ses côtés. Odilon a bien réussi à s'enfuir de l'abbaye par le passage secret. Puis, il est venu chercher de l'aide chez le maréchal-ferrant comme le lui avait dit le Père Abbé. Jusque-là, cela corrobore bien les propos de Ernaud et de Frère Aubin. Seulement, Odilon est parti de chez Robert, plus vite que prévu et pour une direction inconnue, mais assez éloignée de la ville pour qu'il s'y rende à cheval.

\- Il faut suivre les indications de cet homme dit Giraud. Commençons par interroger la garde qui était en faction à l'entrée de la ville avant la relève.

\- Tu as raison. Allons-y.

Giraud, jeune homme aux cheveux bruns et de stature moyenne, était plus jeune que Raoul d'une dizaine d'années. Apprenant que la bande des Lupus cherchait des recrues, il s'était fait enrôler pensant ainsi obtenir la gloire et la fortune rapidement. Il se rallia à Garin pour avoir le pouvoir qu'il n'avait aucune chance d'atteindre puisqu'il n'est pas noble.

Giraud était arrivé il y a peu de temps dans la ville et ne connaissait donc pas la famille de Beaufort. Il ne pouvait donc avoir de remords sur les actes commis à leur encontre. C'est ce qui plut à Raoul et la raison pour laquelle il en avait fait son second : un jeune garçon dynamique qui se souciait peu de sentiment et qui ne connaissant personne dans le Comté ne pouvait être reconnu. Giraud représentait donc un atout de poids pour Raoul et un soutien qui lui assurerait, du moins l'avait-il cru au début, une victoire facile.

Raoul accompagné de Giraud se rendirent à l'entrée de la ville et interrogèrent les deux hommes qui montaient la garde ce soir-là. Mais, ils ne tirèrent pas grand-chose de ces hommes qui leur assurèrent qu'ils n'avaient pas quitté leur poste et n'avaient rien vu d'anormal ce soir-là.

Raoul décida, alors, de suivre les traces d'Odilon.

- Le voisin nous a dit qu'Odilon avait pris une autre direction. Suivons-là.

Ce qui fut dit fut fait et Raoul, accompagné de Giraud, alla inspecter le chemin qu'Odilon avait emprunté en sortant de la ville.

Au bout de cinq minutes de marche, ils découvrirent la brèche dans le mur.

Il ne suffit à Raoul qu'une légère inspection pour remarquer le morceau de tissu qu'Odilon avait laissé dans le mur.

- Voilà ! lança-t-il la mine réjouie. Il est bien passé par là et personne ne l'a vu !
- Sergent ! appela Giraud. J'ai peut-être une idée à vous soumettre ?
- Oui. Et bien ! Quoi ! Parle !
- Et bien si Odilon n'est ni à l'abbaye ni en ville, peut-être est-il retourné au château ?
- Oui peut-être en effet il faut vérifier, admit Raoul.

-       Sinon, il ne nous restera plus qu'un seul endroit où le chercher.

-       Lequel? demanda Raoul interloqué.

-       La forêt!

-       Tu es fou! Odilon ne serait jamais allé en forêt avec ce qui s'y passe! s'insurgea Raoul en se moquant.

-       A moins, qu'il ne soit pas au courant des récents évènements compléta Giraud.

-       Hein! Oui, c'est plausible, admit Raoul après réflexion. Mais, si tu dis vrai et qu'Odilon est bien parti se cacher dans la forêt, alors nous ne le retrouverons jamais. Tu sais bien que nous ne pouvons pas y aller. Tu sais combien cette forêt est dangereuse. Elle est hantée! Plusieurs de nos amis ont tenté d'y aller pour arrêter les brigands et ils ne sont jamais revenus. Nous ne pouvons pas prendre un tel risque. Cependant, nous pouvons monter la garde sur les chemins principaux.

Raoul sauta sur son cheval et lança en direction de Giraud.

-       C'est une très bonne idée. Allons d'abord voir au château, puis nous nous rendrons en forêt plus tard... s'il n'y a pas d'autres solutions.

Ils partirent au galop en direction du château.

Table des matières

Tome 1 : Le complot